Intriga de Amor y Muerte
Alicia Ortega-Mancera, 2020, Derechos Reservados
ISBN: 978-980-18-1308-8
Depósito Legal: DC2020000846
Productor General: Maximiliano Mancera Ortega
Editor, Corrector y Maquetador: Vladimir Ortega
Fotos de Portada: Freddy Clavo y Alex Iby LaHo (Unsplash)
Kindle Direct Publishing

DEDICATORIA

A Dios dedico este Arroz.

También dedico este trabajo a mamá y papá,
quien me dio tantos libros para leer,
que me hizo lectora y de ahí pasé a escritora.
A todos sus descendientes, mis hermanos,
cuñadas, hijos, nueras, yernos, sobrinos,
nietos y sobrinos nietos

ALICIA ORTEGA-MANCERA

INTRIGA DE AMOR Y MUERTE

PRÓLOGO

Los dos hombres y el chico andaban, por el camino pantanoso. Acababan de dejar la lancha y trataban de evitar los charcos donde podían quedar atrapados, el hombre que iba adelante ponderaba el lugar.

-Este paraje es muy hermoso, Cirilo. Me agrada, Damián, pero no sé... Permaneció unos segundos en silencio, mirando a su alrededor.

El joven, evidentemente mestizo con sangre indígena, cuestionó a Damián.

-Señor Damián, esto es una ranchería de invierno, no creo que estos terrenos estén a la venta para construir nada.

-Y tú qué sabes, mocoso. Sara les preguntó a sus tías y estos terrenos están en venta, le pertenecen a uno de sus vecinos. No vas a saber más que ellas ¿verdad?

-Señor ¿Usted vio la ranchería que pasamos hace hora y media aproximadamente? El capitán es mi tío Jesús y cuando llegan las lluvias se mudan acá para evitar las inundaciones. Son tierras nuestras desde siempre, solo para uso de los Warao, no pueden estar a la venta.

-¡Cállate ya! Tú que vas a saber.

-Le aseguro que tengo razón.

-Hombre. Igual no importa, estas tierras no son adecuadas para lo que yo tengo en mente, no podemos construir en la orilla del río, sino muy adentro ¿Qué distancia hemos recorrido? ¿Un kilómetro? Tal vez un poco más.

Quien hablaba era Simón Wolfe y permanecía dándole la espalda al muchacho y al otro hombre, Damián, de pronto se dio la vuelta sacó una pistola de su cintura y le disparó al hombre y luego al chico que gritaba "no, no, no"

El viento soplaba entre las copas de los moriches y algunas semillas alfombraban el suelo.

-Como si yo quisiera construir un hotel aquí. ¡Estúpido! Soy poca cosa para ese maldito apellido de ustedes y ahora permanecerás aquí para siempre.

Agarró por una pierna a Simón y lo jaló hacia la maleza, lo dejó allí y regresó por su mochila, la abrió y sacó una pala, se internó en la maleza y comenzó a abrir un agujero en la tierra, estaba sudando mucho, cuando consideró suficientemente grande el agujero, echó unas ramas de moriche adentro. Regresó a por los cuerpos, y en poco tiempo los lanzó en el agujero, uno sobre el otro. Los cubrió de tierra y con otras ramas de moriche, cubrió la tierra removida.

Regresó al claro, abrió las mochilas de los muertos y sacó las cantimploras, se limpió la cara y los brazos con el agua, llenó las mochilas de piedras y caminó hacia la orilla del río para subir a la lancha. Lentamente se separó del muelle y tomó el centro de río, a los pocos metros lanzó una mochila que se hundió rápidamente, para repetir el proceso al poco rato.

Navegó alrededor de tres horas hasta llegar a un pequeño caserío solitario, no se veía ninguna persona pero la música que se escuchaba de alguna casa indicaba que no estaban abandonadas, dejó la lancha, la amarró al muelle y se dirigió a buscar a su mujer en la casa de las tías.

Caminó unos pocos metros, llegó a la casa que buscaba y tras un leve toque la puerta se abrió.

-Hola, llegaste pronto ¿Dónde están Simón y el guía?

-Simón encontró un conocido y se fueron a una ranchería de pescadores. Creo que en la desembocadura del río. Unas cuatro horas, regresarán mañana, seguramente. Anda prepárame la ropa. Quiero darme un buen baño, estoy sudado y me siento sucio.

INTRIGA DE AMOR Y MUERTE

ESTABA MEDITANDO

El paisaje no era muy agradable, basura, latas, botellas enteras y rotas, muebles despedazados y un olor pestilente rodeaba el ambiente. Romina caminaba lentamente, sorteando todos los objetos desperdigados a su alrededor mientras se dirigía al edificio abandonado donde se encontraba su objetivo. De vez en cuando se escalofriaba cuando un movimiento, causado por alguna alimaña, la asustaba.

Se percató que alrededor del hombre que buscaba había más latas que en todo el lugar, se cubría con una manta que alguna vez fue roja, y parecía dormir. Se detuvo frente al durmiente y lo observó unos segundos.

Richard simulaba dormir sobre su costado izquierdo mientras apretaba en su mano derecha la pistola oculta por la manta. Su corazón latía desbocado, ante le presencia cercana ¿Sería el asesino de indigentes? Trató de tranquilizarse y reflexionó. Posiblemente no, nadie había visto ni escuchado nada al momento de los asesinatos y podía oír las voces de los otros habitantes muy cerca.

Sintió un leve toque en las costillas y se sentó de golpe ocultando la pistola en el bolsillo de su chaqueta.

-¿Eh? ¿Eh? ¿Qué ocurre? -Se sorprendió al ver a una hermosa joven de cabellos castaños largos, recogidos en una coleta, una boca hecha para besar y unos ojos color miel con largas pestañas, y ni hablar de su esbelto cuerpo con curvas bien distribuidas, aunque no iba muy bien vestida y estaba pinchándolo con un bastón, su cuerpo se revolucionó ante la presencia femenina, para su sorpresa y consternación, claro, pensó de inmediato casi un año sin una mujer cobra su precio, era eso sin duda.

-Hola, ya veo que usted no estaba muy dormido que digamos, saltó como un resorte cuando lo toqué.

Cuando pudo verlo bien quedó inmóvil, impactada ante la mirada de aquellos ojos sin color definido, color del tiempo le decían, y guapo pero extrañamente su cuerpo despertó a deseos inconclusos ¿Qué le pasaba? ¿Estaba loca? ¿Cómo iba a descomponerse de esa manera por un desconocido y además de tan mal aspecto?

La voz masculina interrumpió sus pensamientos y sus sensaciones.

-Claro, porque estaba meditando.

-¿Meditando?

Una carcajada cristalina resonó en los oídos masculinos.

-Vaya que interesante. Nunca supe de ningún mendigo o algún indigente que meditase. Usted es un verdadero ejemplo para sus pares.

Un tanto amoscado por el tono algo burlón de la muchacha se puso de pie.

-Supongo que has hecho una encuesta para asegurarlo con tanta precisión ¿Verdad, señorita? Solo que no pienso discutir mis hábitos contigo ¿Sabes?

-Perdona, no quería perturbarte ni discutir. Vengo a ofrecerte un trabajo -Cuando se puso de pie el corazón de Romina se desbocó ¡Dios del cielo! ¡Qué cuerpo! No era un muchacho sino un hombre y qué clase de hombre. Desde arriba y con el telescopio no se percibía así.

Richard o Ricky, como lo llamaban sus compañeros en el trabajo, se quedó impresionado. Trabajaba encubierto y esa hermosa chica venía a importunarlo y de una manera bastante incómoda e inesperada para él, con casi veintiocho años reaccionaba como un adolescente.

Manteniendo distancia y ocultando con la manta cierta parte de su traidora anatomía, le preguntó secamente:

-¿Por qué a mí? Te lo agradezco pero no estoy interesado. En este momento de mi vida lo que menos necesito es un trabajo.

Con angustia no reprimida, incapaz de disimular, la chica continuó un tanto inquieta.

-Por favor, al menos escúchame primero. Me llamo Romina.

La voz femenina revelaba, sin duda, cierta desesperación e inseguridad y Ricky se interesó regresando a un trato formal.

-Está bien, voy a escucharla pero no estoy interesado señorita Romí.

Romina lo observó algo incómoda por el apelativo.

-Serán solo tres días y le pagaré generosamente. Y por favor no me llame Romi.

-Pareces un tanto desesperaba ¿Qué te ocurre? Tendrás que explicarte un poco para poder pensármelo.

La había tuteado desde el principio para aparentar una mala educación pero a ella no parecía importarle. Romina lo miraba intensamente y se estremeció cuando el hombre clavó los ojos en ella. A pesar de los cabellos rubios sucios y enmarañados y la barba de varios días, era un indigente muy atractivo, suponía que sus cabellos limpios serían muy claros, ojos grises le parecían ahora, era muy alto y se veía bien formado, a pesar de la ropa que llevaba que había visto días mejores.

-¡Estoy desesperada! Necesito ayuda.

-¿Y por qué yo? ¿No tienes amigos? Soy un desconocido que te puede hacer daño ¿No has pensado en eso?

-Nadie a quien pueda confiarle mi problema.

-¿Y por qué yo? te repito ¿Cómo sabes que no soy un delincuente o un psicópata, no sabes nada de mí.

-Es verdad, pero estoy confiada porque tengo una semana observándote y me pareciste adecuado.

¡Cielos! observarlo por días en el telescopio no le había causado la inquietud que sentía ahora, al verlo en persona.

Ricky se estremeció, si ella lo había observado también pudo hacerlo el asesino de indigentes. Intentó recordar si había hecho algo que lo delatara pero prefirió hablar con la chica, a la vez que la observaba con más atención. ¡Era muy linda! Y sentía sus hormonas revoloteando en su cuerpo, mucho tiempo sin una mujer corroboró de nuevo en sus pensamientos.

-¿Por qué soy adecuado? Soy un sin techo, muchacha.

-Bueno, lo más importante es que eres joven y me imagino que una vez aseado y bien vestido serás muy bien parecido.

-¡Vaya por Dios! Hay otros jóvenes acá mismo.

-Cierto. Tienes razón, pero tú eras el único que no parecía drogado todo el tiempo. Sacudías todo antes de acostarte y siempre tenías tus alimentos bien empacados.

¡Demonios, que falla! nunca pensé en esos detalles, se dijo.

-Sí es verdad, tienes razón pero es porque estoy en un paréntesis de mi vida y estaba meditando.

Romina sonrió y su cara se iluminó, en opinión de Richard, quien sin darse cuenta la miraba embelesado.

-¿Vas a seguir con lo de la meditación?

Volviendo a su estado de atención, le respondió.

-Sí, porque en la meditación se centra mi futuro ¿Qué voy a hacer con mi vida?

-Gracias a Dios que no me equivoqué contigo, de cerca no pareces tan joven.

-Bueno, es una larga historia de cambios y tengo casi veintiocho años.

Mientras hablaba con la chica su mente iba por otro camino. Había metido la pata en su construcción del personaje encubierto y Romina percibió la diferencia, tal vez el asesino de indigentes vio lo mismo que ella y sospechó. Prestó de nuevo atención a las palabras femeninas.

-Ven acompáñame al hotel, allí hablaremos más cómodos.

-¿Al hotel? ¿Estás loca? No me dejarán ni acercarme a la puerta en este estado -Señaló su vestimenta asombrado.

La risa de la muchacha lo sorprendió.

-No te preocupes, se cómo hacerlo. Yo vivo ahí.

-¿En el hotel? ¿En ese carísimo y lujoso hotel?

-Desde hace tres años vivo sola. Toda la vida con mis padres.

-Guao, debes gastar una fortuna.

Ya caminando hacia el hotel se volvió hacia Richard y de nuevo se aceleró su corazón.

-No gastas si vives en un ático de tu propiedad, ven sígueme.

-¿El ático es tuyo?

Se encogió de hombros sonriente -Lo será, era de mi madre, dime ¿vas a ayudarme?

-Iré contigo, pero tengo que hacer una llamada ¿Tienes un móvil?

Rebuscó en su bolso bandolera y se lo tendió, Richard se retiró un poco para llamar y hablar brevemente mientras la joven esperaba. Terminó la llamada y devolvió el teléfono a la chica.

-Bien, te acompaño. Por cierto, eres muy confiada, yo podía haber corrido con tu caro celular ¿Estás segura que podré entrar al hotel?

-Claro, vamos. Y para que lo sepas no soy confiada pero tengo la cualidad de conocer a la gente con la que me cruzo y no me preguntes cómo lo hago porque no lo sé, es una sensación y siento que puedo confiar en ti.

Richard sacudió un poco su chaqueta y caminó con la muchacha. Se dirigieron a uno de los laterales del hotel hacia una puerta cerrada, la joven la abrió y saludó al guardia sentado tras la puerta, quien no hizo ningún gesto ante la presencia de ese joven tan desaliñado, por no decir sucio y maloliente. Se dirigió a uno de los tres ascensores y lo llamó con una tarjeta magnética, veloz y silenciosamente ascendieron hasta el último piso. Las puertas abrieron a un pequeño estar alfombrado, una mesa con un jarrón al lado de la puerta, que Romina abrió con la misma tarjeta del ascensor y entraron a una cocina moderna en granito y aluminio impecablemente limpia, tenía dos ventanales enormes que iluminaban el ambiente. No había huellas de uso, tal vez porque era un hotel y rara vez cocinaba.

Richard se sorprendió del lujo a medida que entraban en las distintas áreas del ático. Alfombras, cómodas butacas, sillones, sofás, cuadros que parecían originales. Tenía de todo y de un gusto impecable. Sonrió, pensando que a su hermana Érica, decoradora, le encantaría el lugar porque además se sentía calidez de hogar.

Romina lo observaba sonriente, mientras Richard recorría el lugar.

-Sabía que no eras un indigente.

-¡Demonios! Si tú me descubriste, seguro alguien más pudo hacerlo.

Romina lo miró con curiosidad, preguntándose que significaban sus palabras -¿De qué hablas?

-Nada, nada ¿Cómo supiste que no era un indigente?

Romina caminó hacia un balcón a uno de los lados del salón y le mostró un telescopio.

-Verás, estoy sola muchas horas al día al regresar del trabajo, que es aquí mismo en el hotel y me aburro, por lo que observo mi entorno con el telescopio pero no soy una *voyeur*, jamás miro a ventanas ni a balcones vecinos. Una tarde, cuando empezaba a oscurecer, te descubrí, sacudías unos cartones y los colocabas detrás de unos barriles, luego pusiste unas botellas en fila. Al principio pensé que te protegías por las noticias en prensa de un asesino de indigentes, sin embargo, a medida que pasaban los días me di cuenta que eras diferente a los sujetos a tu alrededor, aun cuando hablabas y compartías tus restos de alimentos con algunos de ellos.

Richard se paseaba nervioso por el salón, sin decir una sola palabra.

-No creas que ese era mi sitio de observación preferido, me encantaba mirar a la gente en el café para crear historias sobre sus vidas, imaginarme qué hacían, si eran felices, ver a los niños jugando en el parque, tan pequeños y cómo son de aventureros, también veía el movimiento del tránsito. Hace dos días te observé con cuidado tratando de calcular tu talla, para poder comprarte algo de ropa y mejorar mi propuesta, sin embargo, algo me dice que no necesitas lo que compré.

Richard detuvo su paseo y se volvió un tanto violentamente hacia la joven, mirándola sorprendido. Era todo un caso esa joven.

-¿Me compraste ropa, en serio lo hiciste?

-Claro, por mi propuesta de trabajo.

-Bien, antes de entrar en la etapa de las confesiones, contéstame ¿por qué me necesitas con tanta urgencia?

Romina extendió su mano y Richard se la estrechó. No estaba preparada para sentir frío y calor recorrer su cuerpo y quedaron unos segundos en una burbuja mirándose a los ojos. Richard le soltó la mano a regañadientes y esperó.

-Me llamó Romina Wolfe, mi padre es Simón Wolfe, él y mamá eran propietarios de este hotel, pero él desapareció hace tres años, yo tenía veintidós entonces. No puedo heredar a papá porque hay que esperar muchos años para declararlo muerto, pero en pocos días cumplo veinticinco y recibiré la herencia de mi madre que incluye este ático, sus acciones del hotel, la dirección de un par de empresas y otro hotel en las islas.

-Para, para, para ¿Y qué pinto yo aquí? ¿Para qué me necesitas con tanta premura?

Romina lo miró francamente a los ojos -Necesito que te hagas pasar como mi pareja, mi novio. No te conozco de nada, pero siento que puedo confiar en ti, así como sé que no puedo confiar en el otro.

El asombro de Richard era genuino, no podía creer lo que escuchaba.

-Sigo sin entender nada Romina ¿El otro?

-Está bien, es una larga historia pero trataré de resumir. Yo tenía quince años cuando mi tía Cristina, hermana de papá, se casó con Damián Montes, papá lo colocó de gerente del hotel de mamá en las islas, trabajaba bien y era un buen marido para su hermana, según papá.

Unas vacaciones, cuando yo estaba por cumplir diecisiete años, fuimos todos a la isla. Debo decirte que nunca me gustó Damián, no sé por qué lo rechazaba, pero no podía aceptarlo, papá se enojaba conmigo porque siempre le decía lo mismo. Lo cierto es que durante nuestra permanencia en la isla, mi mamá y la tía fallecieron en un accidente de coche al caer por un barranco. Era absurdo, un sitio imposible para caer un vehículo. Uno de los agentes de policía muy acucioso le dijo a papá que era un accidente raro, muy raro y buscaron evidencia de algo que indicara un accidente provocado y no hallaron nada, solo le faltaba el fluido de frenos, pero el sistema estaba perfecto. Puedes imaginar lo que significó para mí esa pérdida. Quedé sola con papá y lo quería mucho y él a mí. Hace unos tres años, meses antes de su desaparición, papá comenzó a salir con una señora viuda que conoció en la cafetería del hotel. Ella le dijo que había nacido en un pueblo del Amazonas o del Delta del Orinoco, nunca lo supe con exactitud y lo convenció para que visitaran unos caseríos indígenas y una zona donde se podía edificar un hotel totalmente ecológico.

Papá estaba encantado y llamó a Damián para que fuera con ellos. Salieron con la señora Ruiz, papá y Damián y allá contrataron a un guía indígena. Una mañana, Damián se quedó en el hotel con malestar de estómago y salieron papá, la señora Ruiz y el guía a recorrer una parte del río y fue entonces cuando desaparecieron los tres.

Hasta ahora no se ha sabido nada de ellos y la policía no encontró ninguna pista. La búsqueda se centró en Canaima porque los escucharon hablar de ir hacia allá para conocer los hoteles y cómo funcionaban. El año pasado apareció Damián, a quien nunca llamé tío, ni llamaré tío jamás, con un muchacho como de mi edad, hijo de una relación anterior a su matrimonio con mi tía y desde entonces me presiona para que me case con su hijo.

Richard había escuchado atentamente y como buen investigador tenía las antenas listas.

-Vamos Romina, en esta época nadie puede obligarte a una boda si tú no quieres.

-Es verdad, el problema es que tengo miedo. Tengo la intuición que él está detrás de la desaparición de papá, solo tenemos su versión de que no los acompañó. En el hotel solo sabían que tuvo la puerta con el cartel de "No molestar". Y sabes algo, a mamá tampoco le gustaba Damián, ella siempre disimuló por Cristina y para no discutir con papá.

-Ok, permíteme el móvil de nuevo, llegó la hora que yo también me confiese ¿Puedes preparar algo? Un emparedado, un jugo. Aún no he comido nada.

Romina lo miró extrañada, Richard guardaba más secretos de lo que pensaba, se dio la vuelta y fue a la cocina.

-Hola jefe, tiene razón, es Romina Wolfe y tiene que ver con su padre, nunca he creído en coincidencias o casualidades, pero que hayan entregado ese caso a nuestra jurisdicción precisamente cuando ella me busca para que la ayude es más que una casualidad, es el destino.

De inmediato le relató todo lo que le había contado Romina y se despidió, justo cuando la muchacha regresaba con una bandeja. Se sentaron, luego que Romina dejó la bandeja en una mesita y comieron en silencio.

-Romina, mi nombre es Richard Hippolyte y en efecto no soy un indigente -La risa femenina interrumpió sus palabras.

-Eso ya lo sospechaba, no era necesario que lo dijeras. Pero está bien.

Richard retomó la palabra un tanto amoscado por el tono burlón de la joven.

-Soy detective y antropólogo forense y por supuesto investigador y no podemos olvidarlo, un policía encubierto fracasado.

Las risas de los dos llenaron el ámbito.

-No lo creas, lo hacías bastante bien. Soy yo que percibo cosas que la mayoría de las personas no ven. De verdad te defendías, lo hacías bien pero mira tus zapatos.

-¿Mis zapatos? ¿Qué le pasa a mis zapatos? son viejos.

-Sí, es cierto, pero están atados y bien atados además. Por eso comencé a observarte. Vuelve al balcón. Mira por el telescopio, puedes ver el sitio donde dormías.

Richard siguió sus indicaciones y para su sorpresa entendió las palabras de Romina. Al observar toda la zona de indigentes, pudo comprobar que su "dormitorio" sobresalía del resto por su relativa limpieza y orden, se volvió hacia Romina.

-Sabes, tienes madera de investigadora, tal vez podrías ayudarnos.

Un ambiente grato los rodeaba porque estaban cómodos en compañía y algo más se percibía entre ellos.

-Sí, para que nadie me haga caso. Pedí a la policía que investigaran a Damián, desde que se casó con mi tía yo desconfiaba de él, siempre lo hice. Muchas veces lo sorprendí susurrando por el móvil, más de una vez lo comenté con papá y siempre me descalificó "Quítate eso de la cabeza niña, Damián es un buen hombre"

-Ya tengo una idea bien clara de lo que sientes por el tal Damián. Ahora bien, exactamente ¿Qué quieres de mí?

-Bueno que te bañes, te afeites y te vistas de limpio. Porque aunque me agradas, desprendes un olorcillo...

Richard olió su ropa un tanto apenado y sonrió

-Bien ¿Y después?

La joven no le contestó y señaló una puerta.

-Allá, en aquella habitación encontrarás todo lo necesario Richard. Yo también voy a refrescarme un poco y pediré una comida en forma para cuando termines. Supongo que ese emparedado es apenas un abreboca, hablaremos mientras comemos ¿Te parece?

-Claro que sí, tengo dos días sin bañarme, me vendrá muy bien hacerlo para eliminar el olorcillo que dices y con este lujo que nos rodea será casi una experiencia religiosa.

Sonrieron los dos mirándose y él se dirigió a la habitación que Romina le había indicado. La joven no entendía por qué se sentía tan excitada y atraída por la presencia masculina, esa sonrisa era letal a pesar del aspecto que tenía en ese momento. Suspiró y se dirigió a su habitación.

Cuarenta minutos después se encontraron sonrientes, en la sala.

-¡Cielos Romina! Ya había notado que eres atractiva pero ahora estás fabulosa. Por cierto la ropa que me quité huele terrible, mientras la vestía no sentía tanto el hedor, pero apenas me bañé... buah, asquerosa. Necesito una bolsa para desecharla. Entiendo perfectamente tu comentario anterior.

Romina sonrió pero sentía el corazón golpeando en su pecho y casi no sabía que decir. No entendía qué le ocurría con Richard, quien una vez aseado, afeitado, con ropa limpia, e incluso con el cabello algo largo, era guapísimo.

-Gracias. Tú también eres realmente guapo y me alegro de que seas más alto, más fuerte y por supuesto mucho más atractivo, en todo sentido, que Ernesto quien sencillamente es un idiota.

-¿El hijo de tu tío?

-Ya te dije que no es mi tío. El hijo de Damián, te repito que nunca lo he considerado mi tío, es el viudo de mi tía Cristina. La última vez que vino se presentó aquí y pidió en recepción una llave para entrar, que gracias a Dios le negaron siguiendo mis órdenes, después quería que tomara un trago que me prepararon entre los dos a lo cual me rehusé. Nunca acepté nada que él me ofreciera. Te confieso que me da miedo estar sola con ellos, por eso me veías tan desesperada.

-¿Cuándo vendrán?

-Mañana -Se quedó mirándolo ensimismada y trató de disimular un poco la atracción que sentía.

-Veo que la ropa te queda bien, bueno la camisa está un poco ajustada.

-Tienes razón, tienes buen gusto, es una ropa estilosa pero la camisa es algo pequeña.

-Estarías más cómodo con una talla más. Puedo llamar a la boutique del hotel para que me envíen otra camisa ¿No te parece?

-No, si me llevas a mi casa buscaré más ropa y mi coche, eso, si lo que quieres es que me quede aquí contigo.

-Lo prefiero, puedes usar la habitación donde te cambiaste, contigo aquí Damián se lo pensará mejor cuando intente venir a verme y te encuentre conmigo. Supongo que no debo pagarte nada.

Richard sonrió pícaro.

-Qué harías si te digo que sí.

-Nada, yo te ofrecí pagarte y siempre cumplo lo que ofrezco.

-Olvídalo solo bromeaba, pero quiero decirte algo más. Aunque no creo en las coincidencias, esto es muy extraño. Mi departamento acaba de recibir el caso de tu padre para investigarlo. A veces nos envían lo que llaman casos fríos, que merecen reabrirse.

-Un poco tarde ¿no te parece? Ya las pistas deben haberse esfumado.

-Tal vez, pero hemos resuelto unos cuantos casos fríos, por eso nos los envían con frecuencia. Siempre hay manera de buscar indicios. Como imagino que nunca se investigó a Damián podremos hacerlo sin problemas. Ah, y puedes llamarme Rick o Ricky, solo mi familia utiliza mi nombre Completo

-Creo que un Ángel me guió hasta ti, no solo no eres un indigente sino que eres policía, y uno cuya comisaria debe investigar la desaparición de papá.

-Eres intuitiva y observadora, por eso me buscaste. Vamos a mi casa, prepararé un bolso, mamá sigue siendo mi proveedora de ropa y tiene el mismo gusto que tú. Buscaré mi coche para ir a hablar con mi jefe. Luego regresaré al hotel.

-Está bien y si quieres puedes conducir tú, así llegaremos más rápido a tu casa.

Así lo hicieron, Romina se sentía feliz conducida por un hombre como Richard y no dejaba de mirarlo. Llegaron al garaje por el ascensor principal del hotel y Romina se dirigió a una suburban plateada relativamente modesta, al verla Richard soltó una carcajada mientras Romina lo observaba extrañada.

-¿De qué te rícs?

-Otra casualidad, mi auto es exacto a ese pero gris.

-Me gusta, es un excelente coche y poco llamativo, Damián me ha vuelto paranoica diciendo, cada vez que nos vemos, que pueden secuestrarme ¿Ves aquel deportivo rojo?

-¡Guao! un MG deportivo ¿De quién es?

-Mío, pero casi no lo he usado por lo mismo. Me lo regaló papá cuando cumplí veintiún años.

-Creo que está muy bien que seas cauta, pero no paranoica, ese Damián parece ser un pájaro de cuidado si ha logrado asustarte así.

-Se ha dedicado a asustarme y dice que por mi posición económica debo casarme con alguien de confianza ¿Te imaginas? No puedo dejar de asociarlo con la muerte de mamá y de la tía y además la desaparición de papá, y se considera que es de confianza…

-Pues ha tenido mucho éxito en asustarte.

-No puedo confiar en nadie por eso te busqué a ti, se lo insinué a una amiga y justo me llamó paranoica. Claro pensaba que estaba loca.

Richard comenzó a sentir una fuerte necesidad de proteger a esa muchacha, luchando sola contra demonios en los que nadie creía. Y se comprometió consigo mismo a protegerla a como diera lugar. Claro tendría que controlar la loca atracción que sentía por ella.

-Puedes contar conmigo, Romina. Te ayudaré en todo lo que pueda. Te dije que eres intuitiva y es una característica importante para investigar, creo que hay algo de verdad en tus presunciones y voy a llegar al fondo de esto, cuenta con mi ayuda. Es una promesa.

TU VIDA EN UN PÁRRAFO

Llegaron a la casa de Richard en veinte minutos, se detuvieron ante una verja flanqueada por un muro bastante alto. Richard oprimió el botón de un intercomunicador y esperó unos segundos.

-Hola Celia, déjame entrar por favor.

La verja se abrió y recorrieron unos metros rodeados de una hermosa y cuidada vegetación, un poco más lejos se podían ver árboles frutales. Pararon junto al coche gris de Richard.

-Esta casa es enorme y hermosa Richard. Yo nunca he vivido en una casa. Siempre vivimos en el ático del hotel ¿Vives aquí solo?

-Bueno con Celia y Manolo su marido, ellos eran empleados de mamá y papá y decidieron permanecer aquí cuando sus hijos crecieron y se independizaron, tienen una casa en la parte de atrás. Mis padres viven a hora y media de aquí en la granja, esta casa sigue siendo el lugar donde nos reunimos todos en fiestas y cumpleaños. Tengo dos hermanos mayores y dos hermanas menores y todos están casados y con hijos tengo siete sobrinos entre dos y doce años.

-¡Cielos! tu vida en un párrafo. Una gran familia. Pero me encanta, si hubiese tenido hermanos o hermanas mi vida sería distinta. Por cierto yo tenía razón, no solo no eres un indigente sino que eres un niño bien, un pijo pues.

-Igual que tú, pero ahora soy un hombre con un trabajo, mantengo la casa y mis gastos. Parecer indigente era parte de mi trabajo aunque cometiera errores.

-Claro no sacabas comida de los cubos de basura, la traías contigo y bien empacada.

Algo molesto por el comentario le respondió.

-Tenía que mantenerme sano, Romina. Gracias a Dios nos quitaron el caso cuando el asesino se mudó de barrio y yo no tengo que seguir de indigente, ya asesinó a dos hombres con el mismo M.O. en el cercano barrio La Ladera.

-M.O. ¿Qué significa?

-Modus Operandi, la manera como los asesina, es igual a como lo hizo en tu barrio. Han mantenido la vigilancia pero solo policías de a pie que recorren en pareja las calles por la noche. Ahora tengo que ir a hablar con el jefe para formalizar la investigación contigo.

-Cuando llegues, le preguntas al guardia donde puedes dejar tu auto para ir al ático, te señalará uno de mis lugares y ahí lo dejas.

Richard la miraba inquieto. Estaban sentados uno al lado del otro en el coche de Romina.

-¿Qué ocurre, Richard?

Pensaba, Romina, pensaba. Si vamos a simular que somos pareja tenemos que tener cierta familiaridad entre nosotros. No quiero que pienses que quiero aprovecharme de la situación, pero tenemos que tocarnos y besarnos… ¿Crees que podrás hacerlo?

Romina se ruborizó intensamente y sonrió tímida.

-Claro Richard, ya tuve un novio y aunque no soy de muchas citas sé que podré hacerlo ¿Solo cuando estemos acompañados?

Richard trató de quitar seriedad al asunto, bromeando al respecto.

-Ya veremos. Ahora señorita Wolfe manos a la obra. Su novio desea besarla, solo para practicar.

Romina se quedó inmóvil mirándolo, deseaba intensamente ese beso pero esperaba que Richard no lo notara. Él tomó su cara entre las manos y acercó su boca a la de ella. Apenas posó sus labios en su boca la sensibilizó de tal manera que un rayo que cayera no la habría alterado tanto, se estremeció y sintió todo su cuerpo temblar. Richard estaba impresionado por las sensaciones que lo recorrieron al besar a Romina, un inocente beso lo emocionó de manera inesperada y no deseaba terminarlo ¡Demonios tanto tiempo sin una mujer pasa factura! Trató de justificarse una vez más. Se separó lentamente y se aclaró la garganta antes de poder hablar. La emoción ahogaba a Romina, había quedado temblorosa e hizo un gran esfuerzo para hablar porque sentía que no tenía voz.

-Guao, no creo que tengamos problemas para besarnos. Además eres muy hermosa y muy cálida -Quería decir ardiente, pero no se atrevió.

-Gracias Richard eres un encanto.

-Pero tal vez debamos controlarnos.

Muy tímidamente agradeció el halago masculino a la vez que recuperaba su temple. Había sido increíble ser besada por un hombre acabado de conocer y sentirse así. Bajaron del auto y entraron a la casa de Richard, Romina se sentó en una silla de la sala mientras él buscaba su bolso. En pocos minutos estuvo de vuelta.

-Lleva mi bolso contigo y guarda mi ropa, eso hará ver al personal del hotel, que realmente estamos juntos, supongo que te ayudarán con la limpieza, toda precaución es importante, tal vez debas dejarlo en tu habitación.

Romina dejo escapar una sonora carcajada.

-Eso, o estás acostumbrado a que te lo hagan todo.

En un primer momento se puso serio, pero después estallaron en carcajadas y aún se reían cuando Richard se fue a su vehículo para salir de su casa, uno tras el otro.

ROMINA ERES UNA LOCA

Richard se dirigió a su trabajo y fue directo a la oficina del jefe, el capitán Chacón revisaba un expediente y levantó la vista sonriente al ver entrar a su subordinado. Era difícil creer que aquel hombre rubicundo y amable, que parecía más un abuelo consentidor, fuese uno de los mejores investigadores del país.

-Hola Ricky, no te esperaba tan pronto.

-Bueno, jefe. Es que la mañana ha estado muy fuerte. Esa chica...

-Habla muchacho, te escucho.

-¡Romina es sensacional!

-¿Qué quieres decir, Ricky?

-Me descubrió jefe. Me descubrió, supo que no era un indigente, apenas habló conmigo

-Un momento Ricky ¿Vas a hacer una apología de la chica Wolfe o a enfocarte en la desaparición de su padre?

-¿Sabe por qué lo supo? por mis trenzas atadas, jefe. Observó el lugar donde dormía, mi comida, como dormía. Todo jefe.

-¿De qué hablas Ricky? No te entiendo.

-Hay que avisarle a los compañeros que trabajan encubiertos, los indigentes, al menos donde yo estaba, no se atan las trenzas de los zapatos.

-¡Alto Ricky! Concéntrate en el caso ¿Quieres? Deja esas tonterías para después.

-Claro jefe, perdone.

A partir de ese momento narró de manera eficiente y ordenada todo lo que sabía de Romina Wolfe, Al terminar el jefe golpeaba, rítmicamente, el escritorio con sus dedos.

-Ricky, es realmente interesante tu chica.

-Jefe, no es mi chica.

-Escucha muchacho, vas a simular ser el novio de una chica de veintitantos años, más o menos tu edad, habrá toqueteos, besuqueos para mantener el papel ¿Qué crees que ocurrirá Ricky? Debes estar preparado para reaccionar como un ser humano, es muy fácil que surja atracción entre ustedes.

-Caray jefe, ya estaba nervioso sin esa clarísima explicación suya.

-Bueno, bueno. Ve con ella y cuídala. Nos ocuparemos de averiguar sobre el tal Damián Montes, parece una persona de cuidado.

-Voy a organizar unos papeles y recoger lo necesario para mis clases en la Universidad, me pasaré por la barbería a cortarme el cabello, y de ahí me iré al hotel, voy a pernoctar allá en la habitación de invitados del ático.

-¡Caracoles! Además vas a dormir allá, eres muy optimista. Bien Ricky, confío en tu capacidad. No te descuides y aparca los sentimientos, recuerda que pueden ser una debilidad.

Con eso dio por terminada la conversación con su joven detective, quien quedó altamente preocupado para concentrarse en su trabajo.

Romina fue desde la casa de Richard a casa de Laura, su mejor amiga, llamándola desde el móvil para avisarle de su visita. Dejó su coche frente a la puerta y se dirigió a la entrada que se abrió antes de tocar el timbre y un huracán femenino la abrazó cariñosa.

-¡Romina, mala amiga! Más de quince días sin venir.

-He estado algo ocupada, pero dime como está mi querido ahijado.

-Enojadísimo con su madrina, ya sabes por qué.

-Además de mi trabajo en el hotel he estado muy preocupada. Por lo mismo de siempre Laura, Damián Montes.

-Sigue acosándote con lo del matrimonio.

-Así es, sabe que cumplo veinticinco años la próxima semana y que entraré en posesión de la herencia de mamá. Me avisó que viene mañana con el pesado de su hijo. Imagino que tratará de convencerme para que lo acepte en matrimonio.

-No puedes aceptar amiga.

-Estoy más tranquila porque se me ocurrió una idea y estoy en eso.

-Desembucha queridita. Quiero saberlo todo.

Romina le fue contando a su amiga todo lo ocurrido, desde la primera vez que había visto a Richard, hasta el beso de práctica.

-¡Loca! ¡Eres una loca Romina, podías haberte topado con un sicópata!

-Realmente no, pasé una semana completa observándolo y concluí que era alguien venido a menos, pero ahora tengo otro problema...

-¿Otro problema? ¿Cómo lo haces, amiga? Vamos cuéntame que te ocurre.

Un tanto avergonzada, Romina la miró de frente.

-Se trata del beso...

-¡El beso? No te entiendo. Romina dime la verdad ¿Qué te ocurre?

-Era un beso sin complicaciones, Laura... Un besito de nada, sin compromiso. Un beso de práctica ¿entiendes?

-Es una buena idea si vais a simular ser novios. Tocarse un poco ¿no?

-Allí está el problema, amiga ¿Cómo te explicas que un beso frío, anunciado, de práctica, me dejara temblando? Sentí un deseo acuciante, ardiente, como nunca antes me pasó ¿Cómo lo explicas? Estuve tres meses con Asdrúbal y acostarme con él era frustrante y trataba de evitarlo hasta que lo dejamos. Y un beso de Richard, a quien acabo de conocer, me descolocó dejándome temblorosa y excitada, lo único que deseaba era arrastrarlo a la cama más cercana y hacer el amor sin descanso ¿Puedes creerlo?

-Claro tonta. Así me sentí yo cuando conocí a Tony, se llama química, o un estallido de endorfinas o feromonas, sabes que no soy muy buena en biología. Elige tú.

-Vaya ayuda que me das. No puedo lanzarme sobre él y menos ahora que aceptó ayudarme y su departamento reabrió el caso de papá.

Laura la miraba sonriente.

-Creo que es buena idea que intimes con él ¿Cómo crees que se sintió él?

-Me dio la impresión que estaba tan perplejo como yo. Se detuvo abruptamente y los ojos le brillaban, pero no estoy segura.

-Creo que no debes preocuparte, actúa según él lo haga. Guíate por tu intuición y ahora basta de cotilleo, vamos a ver a tu ahijado y a tomar algo de merienda.

Richard entró al aparcamiento del hotel y siguiendo las instrucciones del guardia, dejó su coche en uno de los puestos pertenecientes al ático. Había tardado casi tres horas en recabar toda la información sobre el caso y luego pasó a cortarse el cabello y había mucha gente.

Subió por el ascensor privado con la tarjeta que le dejó Romina. Se sintió inquieto cuando el jefe, le dijo "tu chica". Recordó el "beso de práctica" y cómo estuvo a punto de profundizar ese beso, deseo, emoción, había sentido todo eso al besarla. ¡Cielos! Tenía que tener cuidado, su misión era protegerla y ayudarla contra ese tío, tocó su arma y se sintió feliz de tenerla así como su placa. Era parte de su entrenamiento llevarla siempre en la funda. Abrió la puerta y llamó.

¡Romina! Ya llegué.

Le extrañó el silencio y se pasó al salón. Dos hombres no mucho más altos que la muchacha la tenían cercada.

-¿Qué está ocurriendo aquí? La voz acerada y recia de Richard casi hizo saltar a los dos hombres que se alejaron de inmediato de Romina, quien estaba pálida y con las manos apretadas al frente.

-¿Quién eres tú? El hombre mayor hizo la pregunta mientras el más joven se apartaba. Richard caminó hacia la muchacha y le pasó el brazo por la cintura.

-Usted.

-¿Cómo que usted?

-No lo conozco señor, no puede tutearme, pregunte apropiadamente y le responderé educadamente.

Damián empalideció y se alejó un poco de ese joven alto y fornido, tratando de enmendar su actitud.

-Lo siento, pero me sorprendió su llegada.

Richard acarició la mejilla femenina y luego le dio un beso.

-Tranquila amor. Ya estoy aquí. Supongo que usted es Damián Montes, creíamos que vendría mañana. Yo soy el novio de Romina, soy Richard Hippolyte y me gustaría saber ¿por qué mi novia parecía intimidada cuando llegué?

Damián, tosió y tartamudeó un poco antes de contestar.

-Eh, este bueno, no sabía que tenía novio y tal vez la presione un poco por Ernesto.

El joven permanecía silencioso detrás del padre y cuando lo nombraron hizo un leve saludo con la mano. ¡Idiota! Pensó Richard

-Y me pregunto yo ¿Desde cuándo hay que presionar a alguien para que decida casarse con quien no quiere?

-Bueno solo lo hacía para protegerla. Hay muchos aprovechadores.

-Ah, entiendo. ¡Qué bueno! menos mal que yo también soy un heredero.

Ernesto y Damián se vieron las caras y Romina comenzó a aguantar la risa.

-Richard, voy a pedir café y pastas ¿Te apetece?

Se separó de Richard y se dirigió al teléfono.

-Por nosotros no es necesario Romina, Ernesto y yo tenemos que irnos.

-Será para nosotros entonces, amor.

Muy rápido se despidieron dejando sola a la pareja.

-Dios, me dio risa ver la cara de Damián pero pasé mucho miedo antes de que llegaras, nunca estuvo tan agresivo anteriormente, casi llegó a tocarme.

-Tranquilízate, hablaré con el jefe. Tenemos que agilizar la investigación sobre ese sujeto. No te voy a dejar sola Romina. Seré tu sombra.

El día terminó con la pareja disfrutando de una serie cómica en la televisión. Se despidieron para entrar en sus habitaciones pero ninguno de los dos deseaba realmente separarse.

Los días siguientes Richard iba al precinto y a la universidad mientras Romina estaba en su oficina del hotel, pero casi nunca salía sola a la calle porque Richard la acompañaba siempre. Esa noche fueron al cine y pasaron todo el rato tomados de la mano. Los dos sentían una gran atracción pero sobre todo Richard tenía temor a dejarse llevar por la atracción y ponerla en peligro.

Subieron al ascensor privado del ático y Richard la abrazó y lentamente buscó su boca, comenzó como un beso suave pero poco a poco la pasión los atrapó, el pitido del ascensor al llegar les hizo separarse y los dos estaban con la respiración alterada, jadeantes.

-Romina lo siento, no debía…

-No me importa Richard. Me gustó.

-Dejarme dominar por los deseos puede ponerte en peligro Romina. Tengo que controlarme, anda ve a tu habitación y descansa.

Richard se volvió y se dirigió a su habitación. Mientras Romina paralizada trataba de entender lo que ocurría, desde el primer encuentro se sintió vulnerable ante Richard y decir que le gustaba era poco.

INTRIGA DE AMOR Y MUERTE

¡DOS NEUMÁTICOS VACÍOS!

Al día siguiente, llevó a Romina a la comisaría para presentarle al jefe y a los compañeros y que relatara todo lo ocurrido, desde que su tía había aparecido con Damián. Fue una reunión muy esclarecedora para los investigadores, porque logró que entendieran porqué siempre sintió desconfianza por el tal Damián. Richard tuvo que disimular ante los compañeros y el jefe y hacerse el loco ante las bromas disimuladas y no tan disimuladas de los compañeros, por lo bella e inteligente que era Romina y no pudo evitar los descarados coqueteos de sus compañeros.

Acababa de dejar a Romina en su oficina del hotel y regresó a la comisaría. Entró en el despacho del jefe. El capitán Chacón le informó.

-Buenos días otra vez Ricky, tenías razón no hay nada sobre Damián Montes, no existe en el registro de identificación. Es un nombre falso. Tenemos que obtener sus huellas para tratar de identificarlo.

-Caramba Jefe, después de nuestro encuentro veo difícil que regrese.

-Ya veo que el amor te ha vuelto tonto...

-¡Jefe!

-Está bien, no más bromas. Contesta por favor ¿Tu chica no es dueña del hotel donde trabaja el tal Damián?

-¡Claro! ella puede llamarlo con alguna excusa y aprovechar para levantar las huellas.

-Bien, pero con calma para no ponerle sobre aviso. El hijo si está registrado. Ernesto Pinto Suárez tiene veintitrés años, la madre es Adela Suárez, se casó con un tal Laureano Pinto pero él no está con ella, se divorciaron hace años y no hemos encontrado rastros de ese hombre, desapareció hace algunos años. No entiendo como Damián Montes lo presenta como su hijo si tiene los apellidos de otro hombre. Hay que aclarar eso. Vamos a afinar los detalles de todos los que aparezcan involucrados así sea de refilón. Habla con Marcos para que te diga lo que ha encontrado hasta ahora y te regresas con tu chica.

Richard levantó la vista al cielo e hizo un gesto de cansancio, Romina era su chica para el jefe y todos sus compañeros y no tenía caso discutir el punto.

-Jefe creo que debían buscar en bancos a ver si el tal Laureano tiene cuentas. Y Damián tiene que tener una cuenta en algún banco de la isla para recibir su salario.

-Ya oyeron a Ricky chicos, a trabajar.

Se despidió y se dirigió a buscar su vehículo.

Romina estaba aburrida y quería visitar a Laura, llamó a Richard para consultarle y no le atendía el móvil, seguro lo tenía en vibrador y estaba trabajando. Le dejó un mensaje y bajó a buscar su auto.

Tomó el ascensor privado y luego caminó hasta su coche. Al verlo su ímpetu desapareció ¿Cómo era posible? ¡Dos neumáticos vacíos! Se devolvió hacia el guardia que leía un diario.

-Hernán buenos días, venga un momento por favor.

El guardia se acercó a su lado.

-Mire las ruedas ¿sabe si tienen mucho tiempo así, pinchadas?

-¡Demonios! Claro que no, estaban perfectas cuando hice mi ronda hace un rato.

-¿Está seguro Hernán?

-Claro, señorita Romina, siempre pateo las ruedas de los autos al pasar.

-Muchas gracias Hernán.

Regresó al ático y en pocos minutos puso al tanto a Richard de lo ocurrido.

-No te preocupes ahora mismo voy y montamos mi repuesto y el tuyo, luego las llevamos a reparar.

-Gracias Richard, te espero entonces.

Se sentó a leer mientras esperaba su llegada, veinte minutos después llegó Richard con un joven vestido con un peto de trabajo.

-Hola amor, conoce a Esteban, trabaja en el mantenimiento de los coches de la policía y vino a ayudarme.

-Mucho gusto Esteban ¿les apetece tomar algo antes de bajar?

-No, Esteban tiene que regresar pronto a la comisaría. Otro día lo invitamos a comer con nosotros.

Regresaron al elevador para dirigirse al sótano. Esteban sacó una caja de herramientas del auto de Richard y sin mucho esfuerzo desmontó la rueda revisándola de inmediato. De pronto se detuvo y miró a Ricky.

-Ricky ven a ver esto.

Ricky se acercó y pudo ver en la cara interna de la rueda una raja, imposible que ocurriera por accidente.

-¿Y esto?

-Parece hecho con un objeto cortante, una navaja, tal vez.

-Veamos la otra rueda, Esteban. Te ayudo.

Entre los dos sacaron la otra rueda rápidamente, le dieron la vuelta y se miraron las caras.

-Esto no fue un accidente Esteban, las pincharon intencionadamente.

-Toma mi llave ve que puedes hacer, creo que esas ruedas no sirven ya. Utiliza mi repuesto también para tener el auto operativo, pero algo me dice que tendríamos que usar el deportivo, Romina -Con mucha seriedad se dirigió a la muchacha -¿Lo habrías hecho al ver las llantas desinfladas? Dime, por favor.

Romina los escuchaba asombrada ¿Quién pudo hacer algo así? Dudó un momento antes de responder.

-Creo que sí, Richard. Te iba a llamar para avisarte que iría a la casa de Laura, claro, de estar sola sin duda hubiera utilizado el deportivo.

-¿Dónde tienes las llaves?

-El vigilante que observaba atónito lo que ocurría abrió la puerta de su puesto y regresó con las llaves.

-Aquí tiene la copia, señorita. Esto nunca había ocurrido aquí, señor. Cada tres horas doy una vuelta por mi zona, todos lo hacemos, no vi a nadie y acá solo andan los empleados, no es zona de huéspedes, solo con algún evento los valet parking dejan autos aquí.

-Es cierto, vamos a revisar las cámaras, Richard.

-Buena idea, vamos. Esteban cuando tengas las ruedas montadas. Por favor revisa el MG, pero no lo enciendas

-Claro Ricky.

Romina le entregó las llaves, tranquilizó a Hernán que se sentía culpable y subió al ascensor para ir a la oficina de las cámaras. Al llegar Romina se dirigió al encargado.

-Buenos días Oscar Gómez ¿cómo estás? necesito un favor. Quiero ver la zona de estacionamiento donde aparco mis coches ¿Es posible?

-¡Claro Jefa!

-¡Gómez, por favor! llámame Romina o señorita pero no jefa. Sabes que no me gusta ese apelativo.

Gómez reía divertido y cuando Richard notó que era una broma rió también.

-Niña, sabes que siempre te fastidio un poco. Dime ¿Qué hora quieres ver?

-Desde que Hernán salió a hacer su ronda ¿dos horas hacia atras?

-Sí, eso creo

En pocos minutos estaban concentrados en la pantalla que pasaba las imágenes del video cuando de pronto Romina exclamó.

-¡Alto! Devuelve lentamente la imagen anterior, Gómez.

Así lo hizo, poco a poco a cámara lenta, hasta que con un leve toque que recibió en el hombro, Gómez entendió y detuvo el video.

-Vean al lado de la rueda trasera ¿No es una mano?

Los dos hombres enfocaron en el sitio señalado y Gómez amplió la imagen, lanzaron al mismo tiempo una exclamación, cuando la imagen fue agrandada.

-¡Una mano!

Romina los miró emocionada y Richard cogió su rostro entre las manos y la besó, sin percatarse del temblor que tenía la muchacha se enfocó de nuevo en la pantalla.

-A ver ¿me van a decir qué ocurre? Creo que podría ayudar más si sé lo que busco.

Romina reflexionó unos segundos. Gómez trabajaba en el hotel desde muchos años atrás, desde que ella era una adolescente, por lo tanto confiaba en él.

-Me dañaron dos ruedas de mi camioneta con una navaja o un punzón, no sabemos y fue durante la ronda que hace Hernán cada tres horas.

Gómez quedó silencioso por un momento.

-Romina aquí hay muy poca gente nueva, hemos sido como una gran familia desde siempre. Tiene que ser un empleado nuevo, yo dejo ahí mi coche en la zona de empleados y nadie anda por ahí.

-Cierto, voy a ir a personal a revisar los expedientes Richard, continúa tú con el mecánico y luego hablamos ¿Te parece? Si encuentras algo nuevo en los videos me avisas.

-Muchacha, orgulloso estaría tu padre al verte.

Con esas palabras y una sonrisa en la boca dejaron la oficina de Gómez.

-Romina tienes que tener mucho cuidado aquí también. Es evidente que hay un empleado traidor.

-Si no fuera por ti Richard... Estoy muy asustada.

Richard la abrazó cariñoso para tratar de tranquilizarla.

-Si es preciso contrataremos seguridad adicional. Hay una compañía muy buena que colabora con nosotros a veces y son invisibles, lamento decir que un policía se reconoce fácilmente. Trata de estar solamente con empleados de confianza y de no hablar de lo ocurrido. Por cierto vi dos puertas que llegan al estacionamiento ¿Cómo hago para salir por la otra?

-Ve por el otro elevador principal, el que va a las habitaciones de huéspedes únicamente y marcas sótano dos. Regreso con Gómez.

INTRIGA DE AMOR Y MUERTE

Se acercó y le dio un beso muy suave, pero capaz de encender el cuerpo de Romina que se quedó estremecida y anhelante mientras se alejaba.

Richard bajó en el sótano dos y entonces realizó unos movimientos extraños al llegar a la puerta, se giró para que la cámara no lo captara y de pronto desapareció. Esteban estaba de pie al lado del MG con el capó abierto, mostrándole algo a Hernán y ahí apareció Richard.

-¡Cielos Ricky! ¿De dónde sales?

-Señor ¡vaya forma de aparecer, señor! Me asustó- Gritó Hernán.

-Supongo que así llegó el desconocido a pinchar las ruedas, aquella cámara da un pequeño giro de una a la otra puerta y en ese momento me agaché y llegué arrastrándome, falta revisar las cámaras. Luego hablaré con Gómez, a ver que vio de mi desaparición. Dime Andrés ¿Qué tal el MG?

-Justo acabo de llenar el depósito de fluido de frenos y se lo mostraba al señor Hernán. Estaba completamente seco, creo que me lo llevaré al taller para revisar el sistema de frenos, pero antes vamos a revisar a ver si hay fluido debajo del auto.

Ágilmente saltó al deportivo y lo movió hacia atrás, debajo del auto había una aureola oscura en el cemento pero estaba completamente seco.

-¿Tienes una bolsa de evidencias? voy a raspar un poco el cemento para que lo analicen en el laboratorio a ver si hay fluido de frenos.

Se agachó y raspó un poco de la mancha más oscura en el pavimento, colocando en la bolsa restos de lo que había raspado.

-Llené el depósito de fluido Ricky no creo que tengamos ningún problema, frena bien, igual lo podemos llevar al taller para hacer una revisión exhaustiva.

-Muy bien Esteban, pero antes vamos a dar una vuelta, quiero ver cómo se comporta al llegar a la curva cerrada que está a medio camino, antes de la avenida principal ¿Conduces tú? Bueno señor Hernán, nos vemos luego. Mantenga los ojos abiertos en los coches de Romina.

El señor Hernán asintió mientras Richard y Esteban ocuparon los asientos del coche y dejaron el garaje.

Romina estaba con Gómez, cuando vio en las cámaras salir su deportivo rojo.

-Regreso luego, Gómez.

Salió a toda carrera y tomó el ascensor al ático, le pareció que había tardado más que nunca y apenas entró en el piso corrió al balcón y tomó el telescopio, su coche llegaba ya a la curva y no podría verlo dirigió el telescopio a las calles laterales y de pronto una palabrota escapó de sus labios. Trató de enfocar la cámara adosada al telescopio, pero no lo logró.

-¡Por todos los cielos! Tengo que llamar a Richard.

Decidió regresar a su oficina y llamarlo desde ahí ¿Qué hacía Ernesto, su prospecto de novio en esa calle en su moto? Llegó a su oficina y de inmediato llamó a Richard pero no le respondía. Inquieta se paseaba de la puerta al escritorio, miraba una y otra vez los expedientes sobre su escritorio. De pronto el timbre del móvil la hizo saltar.

-¡Hola Richard! ¿Qué pasó? No respondías el móvil.

-Tengo noticias Romina, ya vamos llegando pero Esteban se va a llevar tu coche a revisión. Ahora hablamos.

Romina supuso que Richard entraría por la puerta principal y hacia allí se dirigió. Apenas llegaba al lobby cuando lo vio entrar.

-Romina vamos a tu oficina, no debemos dejar que se sepa entre los empleados lo que está ocurriendo.

Se dirigieron a la oficina y se sentaron, uno al lado del otro en el sofá. Romina pidió que les llevaran café y comenzó a hablar.

-Richard encontré cuatro expedientes de los únicos empleados que tienen menos de cinco años trabajando para nosotros, entrégaselos a tu jefe para que los investiguen. Gómez me mostró el video donde bajaste por el ascensor, llegaste a la puerta del garaje y desapareciste. Revisamos los videos de la puerta donde desapareciste y encontramos algo raro, un carrito de limpieza al lado de la puerta. En ese momento llamaste y corrí al ático para verte bajar con el MG por el telescopio, como estaban llegando a la curva y ya no podría verlos mire distraídamente hacia las calles laterales y adivina a quien vi.

-No, no, déjame decirte algo primero, desaparecí porque simplemente me agaché y entré gateando, asusté a Esteban y al señor Hernán cuando aparecí a su lado. Misterio resuelto, eso mismo tuvo que hacer nuestro ignoto. Tú deportivo se portó bien, apenas llegamos a la curva, Esteban tuvo que frenar de golpe porque había un tronco atravesado, de no haber llenado el depósito con el fluido de frenos tal vez lo frenos no respondieran y hubiéramos chocado muy fuerte contra el tronco. Alguien lo sacó del terreno baldío y lo cruzó en medio de la calle. Ahora sí, ¿dime a quién viste?

-A Ernesto el hijo de Damián se montaba en su moto, lo reconocí por eso, y salía disparado hacia el centro.

La situación se complicaba, Esteban parecía implicado en las triquiñuelas del padre, Richard tenía que concentrarse en el caso y la atracción que sentía por Romina lo distraía cada vez más, tenía que solucionar ese problema. Tal vez la cama sería la solución. Sonrió anticipando la situación y se estremeció de placer.

-Vamos que te voy a dejar en la casa de tu amiga Laura, mientras yo me voy a la oficina, tengo que ajustar algunas cosas con el capitán.

-Está bien, me avisas por el móvil a qué hora vendrás por mí.

La tomó del brazo y se dirigieron a buscar el coche, una vez más Romina tranquilizó al señor Hernán reiterándole que no tenía ninguna responsabilidad en lo ocurrido y pidiéndole que no comentara el incidente con nadie para poder atrapar al culpable.

Luego de dejar a Romina en casa de Laura se dirigió a la comisaría, tenía la cabeza llena de ideas y necesitaba sentarse con el jefe y sus compañeros a desgranarlas.

SIEMPRE ESTARÉ A TU LADO

Estar en la comisaría lo mantenía centrado, la imagen de Romina se colaba impetuosa en su mente de tanto en tanto. Sentía que se estaba enamorando y eso lo inquietaba, la voz del jefe lo sacó de su ensoñación.

-¡Hum! Algo te mantiene un tanto distraído ¿Qué te ocurre Ricky? Hemos tenido una magnífica reunión de trabajo y tus análisis han sido excelentes, nos has dado material para investigar pero te siento algo distraído.

Richard decidió ser honesto, su jefe había sido siempre un guía importante en su profesión.

-Creo que me gusta demasiado Romina. Y me preocupa que eso me cause una distracción que la ponga en peligro, jefe. Todo lo que hemos encontrado hasta ahora e incluso las teorías que manejamos indican que ella se encuentra en un peligro real, si lo que he expuesto es cierto, si ella desaparece, no, no puedo enfrentar esa posibilidad, duele demasiado señor.

-Yo tampoco puedo Ricky, por eso estás con ella, para protegerla y si te estás enamorando, cosa que creo sin la menor duda, se me ha ocurrido una idea que puede aumentar algo el peligro en que se encuentra pero solucionaría la situación entre ustedes y mientras tanto vamos recolectando las pruebas necesarias para detener a ese sujeto.

-Muy bien ¿De qué se trata?

-Proponle matrimonio y cásate con ella.

-¡Jefe! ¿Cómo voy a hacer eso? Nos conocemos hace muy poco tiempo.

-Piénsalo Ricky. Hasta el momento del matrimonio habría que aumentar su protección, pero una vez casados sería diferente.

De pronto el jefe gritó. La exclamación sorprendió a Ricky que casi saltó en la silla.

-¡Demonios! No lo pensé bien. Podrían estar en peligro los dos. Sin embargo, siempre estaría más segura como tu esposa, si no, hacéis división de bienes y nombras un heredero en tu familia, no podrían ir tras ella para poner sus manos en la herencia, es una opción muchacho, tenemos que cubrir todas las bases.

-Es tan apresurado, jefe.

-Estamos buscando algún pariente de ella con la información sobre el primo del padre, un ganadero que comparte un apellido poco común. Estoy seguro que si existe lo encontraremos. Sería la mejor protección, la existencia de un pariente consanguíneo. Anda ve a por ella y habla de esta idea que se me ocurrió. Podría mejorar la situación de los dos, en todo sentido, te necesito en plena forma. No soñando despierto.

Richard se ruborizó pero salió de la comisaría con la cabeza llena de ideas por un lado, la posibilidad de tener a Romina como su mujer lo emocionaba. Sin embargo, el temor de perderla si se descuidaba le hacía un nudo en el estómago. Decidió aparcar esa locura del jefe y se dirigió a buscar a la muchacha.

Al llegar a la casa de Laura le hicieron entrar para compartir una merienda con ellas y se sintió muy bien aceptado por la mejor amiga de Romina, como un novio verdadero. Tal vez la idea del jefe no era tan descabellada después de todo.

Esperaron a que llegara el esposo de Laura y aceptaron cenar con ellos, luego de una corta sobremesa se despidieron y se dirigieron al hotel. Apenas llegaron Richard hizo sentar a Romina en el sofá y él movió una butaca para sentarse frente a ella.

-Tenemos una serie de datos y en orden te informaré. Primero que nada, tu deportivo, Esteban y otros mecánicos policiales revisaron exhaustivamente el coche hasta que encontraron una muy pequeña falla. Una abrazadera de las mangueras que llevan el fluido a los frenos, ligeramente floja, por ahí escapa el fluido muy lentamente. Están investigando en cuanto tiempo se vacía el depósito, para determinar en qué fecha comenzó a salirse.

-Pero, eso significa...

-Un plan malévolo, Romina. Te casas con Ernesto y tienes un accidente que les permitiría poner las manos en tus bienes.

Romina comenzó a temblar y ocultó la cara entre las manos. Richard se levantó y se acercó para abrazarla acunándola entre sus brazos.

-No amor, no te pongas así, estaré a tu lado siempre.

Dos palabras penetraron la mente angustiada y asustada de la muchacha, amor y siempre. Levantó la mirada con las lágrimas contenidas hacia Richard.

-¿Siempre, Richard?

-Sí Romina, siempre. Pensaba dejar esto para el final pero... el capitán sugirió que nos casáramos. Al principio me pareció una locura pero después de pasar la tarde con tus amigos la idea fue afianzándose en mi mente y sí quiero hacerlo.

-Pero tú no me amas, Richard... apenas nos conocemos.

-No lo sé, me gustas mucho, cuando no estamos juntos te tengo en mi cabeza y además te deseo, nunca me di tantas duchas frías en mi vida como desde que te conozco.

-Yo creo sentir lo mismo por ti, Richard.

Richard la besó suavemente, pero el beso fue haciéndose más y más intenso hasta que los dos se detuvieron para respirar, con un temblor que los unía en su deseo.

-¡Dios! Tenemos que parar, Romina.

-¿Por qué? No soy virgen Richard. Tuve un novio, estúpido, pero novio.

Richard rió acariciándole las mejillas.

-No es por eso amor, quiero concluir mi relato de los avances de la investigación y planificar cómo protegerte hasta la boda. Además me vuelves loco, casi desde que te conocí deseo hacerte el amor y no es por el tiempo que tengo sin estar con una mujer, como tontamente me justificaba, eres tú que despierta mis ansias por poseerte, hacerte mía Romina.

Romina estaba extasiada escuchando las palabras masculinas, sentía que se derretía por dentro y un calor sospechoso se instalaba en su cuerpo, pero sin embargo aún dudaba, ¿estaba enamorado? Se debatía en dudas que trataba de alejar porque lo que más ansiaba era hacer el amor con Richard desde el día que lo conoció. Sus palabras regresaron a sus oídos.

-No hemos encontrado rastros de Damián Montes, hemos averiguado que el esposo de la madre de Ernesto, que se llama o se llamaba Laureano Pinto no aparece en nuestro radar, y estuvo preso por seis meses porque intentó secuestrar a tu tía Cristina, cuando era una adolescente.

-¿Qué? ¿A la tía Cristina?

-Así es, ella tenía trece años y él diecisiete. Lo atraparon y lo condenaron a seis meses en un correccional porque juró que solo quería conocerla y pasear, era un muchacho de buena familia y eso influyó en que el castigo fuera bastante leve.

-Nunca escuché esa historia, ni de papá, ni de la tía.

-Bueno no era una historia para la niña que eras. Lo cierto es que Laureano era peleador y trató de escapar cuando faltaban dos meses para terminar su castigo, por lo que le dieron dos meses más, pero esta vez en una prisión de adultos de baja seguridad porque ya había cumplido los dieciocho años.

-Pero ¿Qué pinta Laureano en todo esto, Richard?

-Ya lo verás, tal vez sea una teoría descabellada pero creo que es la explicación más viable. Este hombre Laureano se convirtió en una amenaza durante el tiempo que estuvo en esa prisión, con gente que había delinquido una sola vez, estafadores, ladrones de poca monta. Los chantajeaba por todo, dinero, cigarros, ropa. Ya estaban por liberarlo cuando llegó un preso nuevo al que trató de intimidar. El muchacho era experto en artes marciales y le destrozó la cara, mandíbula, pómulos, frente, total un desastre. Estuvo casi dos meses hospitalizado y tuvieron que reconstruirle varios huesos de la cara, con cirugía plástica que pagó su familia. Cuando salió tenía otro rostro y allí se pierde su rastro hasta que cinco años después aparece en el registro civil casándose con Adela Suárez, y eso fue hace veinticuatro años.

-Sigo sin entender, Richard.

-No seas impaciente, amor, te vas a sorprender, por la inteligencia de tu novio ¿Porque soy tú novio, verdad?

Romina se rió pero se había ruborizado.

-Mejor volvamos a Damián Montes, Romina. Ese hombre no existe.

-¿Cómo no va a existir? ¿No lo encuentran? Es el gerente del hotel de la isla.

-Hemos revisado, el registro civil y sencillamente no aparece registrado, claro hemos buscado de cincuenta años hacia acá que es la edad que representa, pero creemos que puede tener la identidad de alguien mucho mayor y seguimos indagando.

-Cielos ¿Y cómo se casó con la tía?

-Aparece el acta de matrimonio con un número de identidad que no hemos encontrado. Laureano Pinto tendría hoy en día cuarenta y ocho años más o menos.

-Otra vez, con Laureano Pinto. Termina de aclararme porqué es importante.

-Porque una vez que tuve todos los datos en mi mano fue fácil llegar a la conclusión que Damián Montes y Laureano Pinto son la misma persona.

-Ahora entiendo lo de descabellado...

-No tanto Romina, ¿cómo se llama su supuesto hijo?

-Ernesto Pinto Suárez.

-¿Lo ves? la madre del muchacho es de apellido Suárez pero tenemos que probar el cambio de identidad del padre, querida mía.

Romina se quedó en silencio pensativa hasta que Richard la llamó.

-¿Qué te ocurre Romina?

-Estaba recordando que no es tan descabellada tu conclusión, después de todo. Una vez Damián no acudió a una cena familiar, estaban recién casados y la tía lo excusó diciendo que de joven se había fracturado la mandíbula y a veces le dolía tanto que tenía que acostarse con un analgésico fuerte que lo atontaba un poco.

-Cielos ¿Ves? soy un gran analista. No puedes perderte esta ganga, soy casi un genio. Tienes que casarte conmigo, pero ahora tengo que llamar al jefe.

-Déjalo para mañana Richard, ahora tenemos que hablar de esa idea tuya de casarnos.

-Bueno es idea del jefe lo de meterme en tu cama y ahora que he reflexionado un poco y estoy contigo creo que es una idea excelente, quiero hacerlo.

Richard sonreía pícaramente y Romina no pudo sino estallar en carcajadas.

-¿Para meterte en mi cama? Te aseguro Richard, es necesario que sepas que yo también estoy más que dispuesta desde que te vi, sucio y maloliente en el basurero del callejón, de meterme en tu cama.

-¿De veras? ¿Maloliente?

-Bueno, no olías a rosas precisamente. Me sentí mejor cuando saliste de la ducha.

-Yo también y esa fue calentita, para poder sacar la mugre que me cubría. Ahora seriamente, Romina. Quiero casarme contigo, quiero llevarte a conocer a mis padres el fin de semana.

¿Vas a contarles cómo nos conocimos?

-A papá, para pedirle consejo, para el resto de la familia será un flechazo.

-¿Y me invitarás a tu cama?

-O será la tuya, pero después de conocer a mis padres.

-La verdad me da vergüenza ¿Qué van a decir tus padres? Te presentas con una novia para casarte a la que nadie conocía y compartimos habitación, y si de pronto hacemos ruidos muy reveladores.

-Por eso no te preocupes, están acostumbrados. Daniel es mi hermano mayor y estuvo viviendo en casa con Rebeca, su mujer, un año antes de casarse. Raúl cambiaba de chica y a todas las llevó a casa, antes de conocer a Mariana, quien lo obligó a comprar una cama nueva si quería dormir con ella. Ahora es su esposa. Mis hermanas fueron más discretas, cuando mis padres que aún vivían en la casa se iban a la granja de fin de semana, ellas tenían su fin de semana pasional en casa y terminaron casándose con ellos.

-Me gustaría que comenzáramos aquí en el hotel, Richard. Como ya te dije el novio que tuve fue un asco y no sé cómo voy a reaccionar contigo que me gustas tanto. En las películas algunas mujeres chillan como locas ¿Y si hago algo así?

Las carcajadas masculinas interrumpieron el discurso de Romina y sin pensarlo mucho la abrazó sin ninguna intención sexual, pero en pocos segundos la naturaleza tomó el mando y comenzaron a lanzar la ropa a su alrededor, el enorme sofá fue testigo de la pasión desatada. Richard la besaba, la acariciaba y poco a poco los gemidos de placer se impusieron al silencio. Richard fue conduciéndola con sus caricias a un punto sin retorno, hasta que luego de tocarla en su centro húmedo y cálido pudo penetrarla. Romina no gritó, pero sus gemidos alcanzaron inesperados decibeles, hasta que primero ella y luego él alcanzaron el paraíso en un clímax explosivo.

Poco a poco fueron retornando a la normalidad y permanecieron abrazados por un rato.

-¡Dios mío Romina! No usamos protección.

-Tranquilo Richard, ya decidí aceptar tu propuesta de matrimonio, no me importa si la semana pasada no nos conocíamos, ahora te conozco y te quiero en mi vida, y además tomo anticonceptivos por orden médica para regularizar mi período que desde la muerte de papá se descontroló.

-Sabes que esto que acabamos de compartir no es suficiente. Tenemos que dormir juntos, yo todavía deseo tu cuerpo.

-Pues yo también, porque para mí es como si por primera vez, estuviera con un hombre.

Se acostaron en la cama de Romina y repitieron la maravillosa experiencia de amarse una vez más hasta quedar exhaustos y dormir hasta el amanecer, cuando de nuevo se entregaron al placer del amor. Se levantaron al baño pero cuando Romina se dirigía al otro sanitario para darle privacidad Richard la tomó de la mano.

-Nada de eso, quiero compartir la ducha contigo Romina, será inolvidable. Vamos amor.

Romina estaba extasiada, no podía creer todo lo que estaba conociendo de sí misma y de su sensualidad, había llegado a creer que era algo frígida y por el contrario era apasionada, al menos con Richard. Bañarse juntos fue una experiencia electrizante mientras se vestían uno al lado del otro, la risa de su rostro se comparaba con la de Richard. Se volvió hacia él con la sonrisa en su boca.

-Te prometo que no voy a gritar en casa de tus padres. Uno que otro gemido, tal vez.

La carcajada de Richard, unida a sus palabras la hizo ruborizar.

-¿Estás segura?

-¡Richard! No seas malo.

Richard la abrazó y la besó tiernamente.

-Estoy jugando contigo amor y de mala gana me tengo que ir, hay que seguir atando cabos sueltos en la investigación sobre tu padre. Trata de ir averiguando lo necesario para la boda pero sin que se enteren los empleados. Erika, mi hermana, será de gran ayuda es muy eficiente en su trabajo ¿De acuerdo?

-Claro. Te llamaré si tengo alguna pregunta crucial.

-¿Crucial?

-Bueno importante, algo que me sienta incapaz de decidir sola.

Al fin después de unos cuantos besos terminaron de despedirse. Con un suspiro Romina fue a la computadora de su oficina en el ático, haría las primeras averiguaciones desde allí, sin testigos inoportunos, luego le pasaría la información al gerente de eventos para que lo organizara todo con ayuda de su futura cuñada.

VAMOS A MANTENER TODO EN SECRETO

Richard llegó a la oficina envuelto en una nube de felicidad, al entrar todos se quedaron mirándolo fijamente y Richard se ruborizó.

-Vaya, vaya -Fue todo lo que dijo el jefe, pero los compañeros bromearon de lo lindo a su costa hasta que el jefe los detuvo.

-Basta chicos, ¿acaso están en secundaria? Ese comportamiento no es adecuado para un grupo élite de detectives, luego se dirigió en voz baja a Richard.

-Muchacho, expresas una felicidad única ¿Te arreglaste con la chica?

-¡Jefe!

-Tienes razón. Vamos a trabajar, empieza Ricky.

-La mujer desaparecida es Sara Ruiz, además de Simón Wolfe y el muchacho indígena, de nombre Cirilo, quien tenía apenas diecinueve años y su grupo lo ha buscado durante todo este tiempo y no han encontrado ningún rastro y son indígenas que conocen bien la zona, están muy conmocionados por su pérdida. Otra cosa jefe, tenemos que buscar fotos en los expedientes de la correccional y de la cárcel donde estuvo Laureano Pinto para ver si alguna sirve.

La voz del capitán tomó el mando.

-Ya las solicitamos, les molestó un poco la petición pero se comprometieron a tenerlas en una semana. Tú vas a concentrarte en la boda y vendrás un par de veces a colaborar en el análisis de los datos encontrados. Hay que poner alguna seguridad adicional y creo que el estar casados servirá. Samuel está siguiendo la pista de un ganadero de apellido Wolfe y será otro seguro para tu chica.

Richard se ruborizó al oír al jefe, ahora si era su chica y muy pronto su esposa, porque ya era su mujer. Se aclaró la garganta y continuó.

-Vamos a mantener todo en el mayor secreto hasta que esté todo listo, Romina iba a hablar con el Gerente de eventos del hotel, sin darle muchos detalles del secretismo, este fin de semana la llevo a conocer a mis padres a la granja -Richard tendió unas carpetas a su jefe.

-¡Ah! Jefe, estos son los trabajadores con menos de cinco años en el hotel, uno en especial me llamó la atención: Agustín Peláez, trabaja en limpieza tiene menos de dos años en el hotel y utiliza un carrito, como el que vimos a la salida del sótano ese día.

-Regresa al hotel, te llamaré para que vengas cuando tengamos algo nuevo que compartir.

-Pueden venir ustedes al hotel, una merienda sería un buen regalo para los compañeros que están trabajando tan duro, no solo porque es su obligación sino por mí.

-Lo pensaré, pero solo cumplen con su obligación, como has dicho.

Romina estaba frente a su ordenador personal revisando las empresas que contrataba el hotel para las bodas y por un instante se quedó perpleja. Se iba a casar con Richard y no podía seguir hasta no definir qué clase de boda tendrían y para ello debía hablar con él. Apenas ese pensamiento llegó a su mente escuchó la puerta de la cocina.

Enseguida sintió su sangre correr más rápido, no podía evitar los recuerdos de lo compartido la noche anterior y esa misma mañana ¿Dios, se había convertido en una adicta al sexo en menos de 24 horas? ¿O simplemente era amor?

Apenas la vio Richard la tomó en sus brazos y comenzó a besarla. Cuando la necesidad de respirar los hizo separarse, Richard sonrió.

-Hola novia, me haces mucha falta, nunca antes me sentí así. Sin más palabras la condujo a la habitación al mismo tiempo que la desvestía.

Romina suspiraba jadeante por la emoción y se aferraba al cuello masculino y su sorpresa creció cuando Richard comenzó a besarla y acariciarla desde el cuello hacia su zona más erógena. Apenas podía respirar y la emoción la estaba ahogando, cuando llegó ahí lanzó un gemido y arqueó su espalda al sentir que estaba chupándola.

-¡Richard!

Richard se rió y respondió entrecortadamente.

-Primera vez también para mí.

Romina sonrió y tomó su pene en las manos y lo acarició apretando suavemente, haciendo gemir a Richard. Él sabía que jugaban un juego peligroso porque a pesar de haber estado juntos esa mañana, seguía deseándola, se ladeó colocándose de frente a la muchacha, suavemente le retiró las manos y la besó en la boca con una ansiedad desconocida para él. Respiró profundamente al dejar de besarla.

-Romina tenemos que hablar por favor.

Un escalofrío de temor recorrió la espalda de la muchacha.

-Tengo que ser sincero contigo, creo que estoy enamorado de ti como un loco, es la única explicación a este deseo que me consume apenas te veo y que no me deja concentrarme cuando trabajo.

Romina comenzó a reír, antes de abrazarlo y besarlo.

-Richard, desde que nos vimos la primera vez pasó algo entre nosotros, he estado deseando cosas que nunca antes había deseado, si no hubieras decidido que tener sexo era lo mejor creo que me habría metido en tu cama para seducirte.

Hablaron un poco más de sus sentimientos antes de comenzar otra vez a acariciarse y entregarse a esa pasión que los consumía, poco a poco el deseo fue complacido y se quedaron dormidos abrazados.

Era la hora del almuerzo cuando Romina se levantó a la carrera, lo cual despertó a Richard.

-¡Oye mujer! ¿A dónde vas?

La miraba con un claro deseo, porque Romina desnuda era un espectáculo muy apetecible.

-Por Dios, Richard. Necesito ir al baño y después ocuparme del almuerzo ¿Crees que podremos aguantar este ritmo sin comida? No lo creo. Puedo pedir la comida a la cocina pero me gusta prepararla, sobre todo si voy a hacerlo para ti.

Richard soltó una carcajada y se tapó con las sabanas.

-Tienes razón mujer, ocúpate de alimentar a tu hombre y vístete, tengo que revisar algunos papeles y si sigues desnuda no saldremos de la cama hasta mañana.

Romina dejó la habitación sonriente y cuando regresó vestía un chándal rosa con adornos dorados que la hacía aún más deseable en la opinión de Richard.

Vamos ve a ducharte y a vestirte porque tú causas el mismo efecto en mí. Un ligero beso al levantarse y se dirigió al baño.

Varias horas después, ya alimentados, Richard en su laptop y Romina en el ordenador trabajaban absolutamente concentrados.

-Richard, no sigo trabajando en la boda me voy a ver televisión. Tenemos que esperar ver a tus padres, yo sé a quienes voy a invitar, no son demasiados, pero de tu familia no tengo ninguna idea.

Richard suspiró antes de responder, dejó la laptop a un lado y se acercó a la muchacha.

-Tienes razón, somos una familia muy extensa, ni yo sé a quienes invitar. Tengo que hablar con mamá, corazón. Arréglate y salgamos a dar un paseo ¿Te parece?

INTRIGA DE AMOR Y MUERTE

SE OÍAN GEMIDOS Y GRITOS

De esa guisa continuaron hasta que llegó el fin de semana, Romina estaba como quien anda sobre carbones encendidos de los nervios. Salieron el viernes en la tarde para estar en la finca antes que llegaran sus hermanos y poder hablar con su padre.

Noventa minutos después entraban a la finca, Romina se sorprendió de la entrada y de los campos circundantes, si ella tenía dinero la familia Hippolyte no se quedaba atrás, lo que veía era una belleza, caminos con grama y setos de flores de colores, árboles frutales, a lo lejos pastaba algún ganado y gallinas correteaban en otro espacio cercado.

-¡Es una belleza Richard!

-Me alegro que te guste, vamos ahora a ver a los papás.

Con cierto nerviosismo, de parte de Romina, entraron a la casa donde una mujer joven todavía y un hombre con la cabeza cubierta de canas y la sonrisa más simpática que recordaba haber visto nunca, los acogieron con gran cariño, el padre le recordaba a su papá, lo que hizo que a Romina se le aguaran los ojos. Pensaba en ese instante que así hubiera sido su familia, pequeña pero amorosa.

-Vamos Romina, deja a ese niño con su padre y ven a conocer la casa y la habitación que les asignamos, espero no tengas problema en que los haya puesto en la misma habitación.

Romina enrojeció, aunque ese comentario la llenó de tranquilidad.

-Claro que no, señora Hippolyte

-Por favor, llámame Andrea.

El recorrido por la casa fue encantador, Andrea le mostró todo y le dijo cómo había soñado siempre con tener a toda la familia en un solo lugar, incluidos los nietos, y eso ocurría muchos fines de semana. Pasaron frente a la puerta del estudio y escucharon unas carcajadas estruendosas.

-Cielos que le estará contando Richard a su padre para que se ría de esa manera.

Romina enrojeció, estaba segura que le contaba cómo se habían conocido.

Cuando se reunieron a cenar no había llegado nadie más a la casa y tuvieron la oportunidad de conversar y conocerse mejor. Fue una cena divertida y la progresión natural pero ni Richard ni Romina, pudieron evitar que el padre le contara a su esposa cómo se habían conocido los chicos y las carcajadas que siguieron así lo ilustraban. Cuando estaban a punto de ir a su habitación llegó la hermana menor de Richard, Erika, con su esposo Jorge y los niños. No conversaron largo rato porque estaban cansados y los niños dormidos, los presentaron se conocieron y cada quien se fue a su habitación.

Hicieron el amor muy tiernamente logrando emociones originales, lo cual era en cierta forma natural porque tampoco se conocían demasiado.

La mañana se presentó soleada y cálida, cuando se levantaron podían oír el canto de los pájaros y un aroma delicioso entraba por la ventana a pesar de las cortinas.

-Ya Celia y Manolo deben estar en la casa, ese aroma es del típico desayuno que prepara Celia, panquecas, tocineta frita, huevos revueltos, fritos o en omelette, como cada quien los quiera, un sol esa mujer.

-Que bien porque estoy muriendo de hambre.

Se dirigieron al comedor cogidos del brazo y al entrar, una sorpresa, toda la familia en la mesa, los pequeñajos en otra y rompieron a aplaudir. Entre carcajadas, Richard fue saludando a todos sus hermanos y sobrinos mientras Romina, permanecía de pie, totalmente ruborizada, Andrea se puso de pie y se acercó a ella.

-Niñitos, ella es Romina la novia y futura esposa de Richard.

Richard se acercó a Romina y la besó en la mejilla, aumentando si ello era posible su rubor, en tanto la madre iba nombrando a cada uno de sus hijos, nueras, yernos y los chicos mayores de Daniel. Se sentaron en los sitios que les tenían reservado y comenzaron a comer y a conversar. Fue un delicioso desayuno por la comida y encantador por cómo habían recibido la noticia del matrimonio del único soltero que quedaba en la familia, sin contar a la segunda generación. Las bromas fluían de todos y más de una vez Richard se ruborizó o protestó por los comentarios. Romina estaba al borde de las lágrimas, al conocer una familia tan grande, y unida. Feliz de formar parte de ella muy pronto.

El día transcurrió plácidamente, entre los retos en el tenis, tiro con arco y competencias de natación, donde los reyes eran los niños. Los dos hijos de Daniel, de doce y de nueve años eran los mayores y trataban a los pequeños como iguales, dirigiendo sus juegos mientras los padres descansaban, todo era idílico, hasta que Sebastián el de nueve años comenzó a gritar.

-¡Ya basta, papá! Quiero jugar con el arco, ocúpense ustedes de los pequeños que Albert y yo vamos a jugar. Ya impresionaron a la nueva tía con sus niños súper educados.

Todos los adultos soltaron las carcajadas y a partir de ese momento todo fue más normal, gritos, pequeñas peleas de los más chiquillos por algún juguete y cada padre ocupándose de sus críos. Así transcurrió el resto del día con la diversión que a veces provocaban los muchachitos con sus juegos. El día había pasado en un soplo y sin darse cuenta ya era la hora de cenar.

Celia se llevó a los niños pequeños temprano a cenar y a ver un rato de televisión, para que la tarde-noche la disfrutaran los adultos, cosa que hicieron conversando, jugando cartas o sencillamente dormitando en una tumbona antes de proceder a la cena.

Erika se ofreció para organizar la boda en todo lo relativo a decoración y Romina de inmediato le entregó su tarjeta para que hablara con el gerente de eventos del hotel y organizara todo lo necesario, se casarían en diez días y su aporte sería invaluable.

El día concluyó con un asado hecho por Albert y los hijos mayores, Richard proporcionaba las bebidas a los cocineros, mientras todas las mujeres, incluida Romina, preparaban ensaladas y postres. Se sentaron en las mesas alrededor de la piscina y disfrutaron de la buena comida. Cerca de la diez ya todo estaba recogido y colocado en el lavavajillas cuando el móvil de Richard sonó estridente.

-Ah, hola jefe. Muy bien gracias. Lo escucho ¿Ahora mismo? Muy bien lo revisaré y le enviaré un informe preliminar. Con gusto jefe. El lunes a las 8 de la mañana, no se preocupe allí estaré.

Todos lo miraban esperando.

-Nuevos datos sobre la investigación del señor Wolfe y saludos para todos en especial a Romina. Me envió unos informes para revisar, pero tengo el día de mañana para hacerlo así que sigamos en lo que estábamos.

El domingo compartieron hasta el mediodía, cuando Celia preparó una exquisita paella mar y tierra que todos alabaron hasta el cansancio. Josephine, la hermana menor de Richard preparó un postre exquisito y a punto de la hacer la siesta estuvieron todos. Manolo y Celia advirtieron a Richard que se quedarían a ayudar a sus padres y regresarían el lunes, todos se rieron porque sabían ya que desde que había conocido a Romina, Richard solo pasaba por la casa a buscar algo que necesitase.

Al llegar a la habitación se dejaron caer en el sofá.

-Amor, estoy cansada tal vez de no hacer nada, necesito una siesta.

-Descansarás cuando vayas a dormir esta noche, amorcito, tengo que informarte sobre lo que me envió el jefe. Te sorprenderás cuando lo escuches, traté de quitarle importancia frente a la familia, pero es impresionante.

-De verdad estoy muy cansada, pero te escucho.

-Creíamos que Adela Suárez era la madre de tu pretendiente.

Romina hizo un gesto de desagrado seguido de una exclamación.

-¡Richard!

-Perdona amor, volviendo al tema, en efecto Adela es la madre biológica, pero no la madre de crianza. La mujer que lo crió se llama Julia Gómez. Aún no se conocen los detalles pero es un nuevo personaje en la investigación, saben que Adela, la madre, es asistente de enfermería y están buscándola. Esto complica las cosas porque si Damián Montes y Pinto son la misma persona y estaba casado con Adela ¿por qué otra mujer crió al muchacho? es crucial encontrar a Adela Suárez para averiguar quién era su marido, tal vez tenga fotos de los dos ¿Qué opinas tú de esto?

-Es un tanto raro ¿No te parece Richard? ¿Por qué Damián presenta a Ernesto como su hijo? Eso lo pone en evidencia, al menos ante nosotros, debe ignorar que conocemos la existencia de Laureano Pinto, que apareció cuando investigamos a Ernesto, su hijo.

-Un cabo suelto tal vez, no lo sé. Hay muchos interrogantes aún, amor.

-Richard aunque estoy cansada, no lo estoy tanto para no desear tu cuerpo, aparquemos el tema hasta tener más elementos y vamos a la cama.

Los bostezos de Romina desmentían su deseo y apenas se dejó caer en la cama se quedó dormida, Richard la desvistió, le puso un pantaloncillo, le dio un beso en la frente antes de desnudarse y meterse a su lado en la cama para imitarla y dormir profundamente.

Al día siguiente, luego de desayunar todos juntos, se fueron despidiendo para regresar a sus hogares. Con la lista de invitados proporcionada por la madre de Richard, ya Romina podía encargarse de las invitaciones.

Érica le aseguró a la pareja que se pondría de inmediato a trabajar para la boda. La despedida de los padres fue extremadamente cariñosa y Albert el padre fue enfático al exigirle a su hijo mucho cuidado y mucho celo en la protección de Romina.

Durante el viaje de regreso al final de la tarde, lo hicieron en un silencio agradable rodeados de música e interrumpido por comentarios inocuos. Apenas llegaron al hotel pidieron algo para cenar y luego se sentaron a leer de nuevo el informe recibido.

Después de un rato, concentrados en el informe, Romina hizo sus observaciones.

-¿Quieres mi opinión? La búsqueda de la identidad no ha sido eficiente, no pueden buscar nombre y número únicamente. En la actualidad, creo que hay alrededor de treinta millones de habitantes identificados, los niños y adolescentes tienen más de ocho números en su identificación. Si quitas o agregas un cero al principio, al final o en cualquier posición e investigas ese número, no solo en los fallecidos sino en los niños y adolescentes vivos, podría aparecer un Damián Montes. Además, agregando un cero en distintas posiciones en personas de la tercera edad, pero solo en los fallecidos, también podría aparecer.

-Claro están buscando nombre y número juntos, supongo que al no encontrarlo así, ampliarán la búsqueda, igual les diré tu opinión.

-Algo me dice que Damián Montes es inteligente y cuidadoso y tiene que haber calibrado muy bien los detalles. Y estoy segura que si logran probar que él es Laureano Pinto, todo se aclarará. Es probable que sea la identificación que utiliza para los asuntos legales, bancos, etcétera, deben buscarlo también en los bancos, como Laureano Pinto, sobre todo si como se ha averiguado tiene dinero. Seguro tiene una cuenta a su nombre en la isla.

-Creo que tienes razón, voy a hablar inmediatamente con el jefe sobre eso.

-Mañana.

-¿Qué?

Con una voz tierna y juguetona Romina respondió

-Amor, me has hecho adicta a ti. Ahora quiero que vayamos a la cama a jugar.

Las carcajadas masculinas acompañaron el movimiento de Richard cuando la alzó del asiento y la condujo en brazos al dormitorio.

Amarse, era conocerse a fondo, conocer sus cuerpos y Richard se dedicó a hacerlo de una manera tan intensa que pronto los gemidos y gritos era lo único que se oía en la habitación. Richard comenzó con besos suaves desde el cuello hasta el ombligo, sin dejar de acariciar sobre todo las puntas rígidas de los senos, Romina casi no respiraba de la emoción hasta que decidió devolverle las caricias y fue Richard quien dejó de respirar. Ese juego se extendió por varios minutos hasta que Richard sin mucho preámbulo la penetró de un solo envión, el gemido de placer femenino lo convenció que había hecho lo necesario y pronto los dos se estremecían en un río de colores producto de un orgasmo sensacional.

No hablaron mucho después de eso pues el sueño los venció, luego de esa luna de miel adelantada. Dormían profundamente en un amasijo de brazos y piernas.

A la mañana siguiente, Richard sorprendió a Romina despertándola con una sucesión de besos por su torso, deteniéndose como un bebé en las puntas rosadas de sus senos. Los estremecimientos recorrieron su cuerpo y la humedad entre sus piernas le dijo que estaba lista para su amor. Y luego de la cama, el jacuzzi fue testigo de otro apasionado encuentro de la pareja.

Al llegar al restaurant a desayunar, Richard le anunció a la joven.

-Romina, tenemos que hablar con el jefe, me gustaría le plantearas tus ideas.

-Claro podemos ir a tu oficina o invitarle a desayunar aquí en el hotel ahora, y aunque tengo bastante hambre me comeré una fruta y lo esperamos.

Sonriendo tomó su móvil para llamar a su jefe, unos minutos después, informó a su novia.

-Bueno, el jefe acaba de aceptar venir a vernos, pero tendremos que alimentar a Emilia su esposa pues hoy es su día de desayunar juntos.

Romina llamó al camarero y pronto dos cubiertos fueron colocados en la mesa, y un plato de frutas y un café frente a la pareja, casi terminaba ella sus frutas y Richard el café cuando llegaron los invitados. Emilia saludó cariñosa a Richard y éste con orgullo le presentó a Romina, tras los saludos llamaron al camarero y pidieron todas las delicias del menú y reían a carcajadas comentando que necesitaban muchas calorías para reponerse del fin de semana. Mientras el jefe sonreía orgulloso ante los comentarios del joven.

-Romina, nunca se me había ocurrido venir aquí a desayunar, pero ahora Arturo tendrá que traerme, tenéis un chef estupendo.

-Con gusto la recibiré cada vez que lo desee, también puede venir a merendar y tomar Té, tenemos una pastelería que no respeta las dietas.

Tras una breve conversación sobre el lugar, el jefe fue al grano, interrogando a Richard sobre sus inquietudes y pasaron a abordar la investigación, Emilia permaneció en silencio escuchando la elaborada explicación de Romina, al terminar y tras elogiar el trabajo que realizaba la pareja con sus deducciones, agradeció la invitación y se despidió, de su marido y de la pareja.

-Me llevo tu coche, Arturo, puedes irte con Richard.

-Claro querida hasta la noche.

Una vez la señora Chacón se retiró comenzaron a conversar sobre el caso.

-Romina tienes razón, es cierto que nos dedicamos a buscar nombre y número sin más, vamos a intensificar y mejorar la búsqueda, ahora que no hallamos al hombre. Tengo un gran respeto por tu intuición Romina, si para ti Damián tiene que ver con la desaparición de tu padre y la muerte de tu madre y tu tía, algo hay ahí. Ahora te agradezco este delicioso desayuno y nos vamos a la comisaría, Richard.

Luego de besar a Romina muy discretamente, Richard se retiró con su jefe. Romina se dirigió a la gerencia a hablar con el gerente general y el de eventos. Rápidamente les explicó que iba a casarse con Richard, pero que quería una total discreción hasta dos o tres días antes de la boda. Sobre todo los empleados de mantenimiento y eventuales no debían enterarse de nada.

-Y tu Sergio, como director de eventos debes atender a la señora Erika Hippolyte, hermana de Richard, que se va a encargar de todo lo relativo a la decoración del evento. Ya le di mi tarjeta con tu nombre y número, ella se comunicará contigo.

Luego de la reunión, se fue a su oficina trabajar, se sentía entre nubes de algodón con los recuerdos de las veces que había hecho el amor con Richard, no podía creer que el amor surgiera abrasador en tan poco tiempo pero sin duda lo amaba.

Sergio salía de su oficina cuando Luana, su secretaria lo alcanzó.

-¡Sergio espera!

-¿Qué ocurre, Luana?

En el corredor, un hombre con uniforme de mantenimiento vaciaba una papelera en el carrito que llevaba, alzó la vista un momento pero siguió con su labor.

-Acaba de llamar, la señora Erika Hippolyte por la boda de Romina, vendrá en dos horas.

Sergio frunció el ceño y se devolvió a la oficina cerrando la puerta tras él.

-Luana, ¿sabes cuál fue la orden de Romina? Nadie fuera de las oficinas debe enterarse de la boda. Acabas de anunciarlo en el corredor frente a un empleado de mantenimiento.

-Perdona Sergio, pero sólo estaba Agustín.

-Un empleado de mantenimiento, con muy poco tiempo en el hotel. Espero no ocurra nada. Por favor me avisas cuando llegue la señora Erika, voy a revisar en el depósito los elementos de boda que tenemos.

La chica quedó un tanto apenada pero apenas salió su jefe se concentró en su trabajo.

INTRIGA DE AMOR Y MUERTE

¡ALGUIEN TRATÓ DE MATARME!

Días después, en el cuarto reservado al personal de mantenimiento un hombre mantenía una conversación por el móvil.

-Jefe, escuché sobre una boda y la novia es la señorita Wolfe. ¡Jefe! Tengo mucho que agradecerle, nunca hubiera sobrevivido en la prisión sin usted y este trabajo que me proporcionó es un buen trabajo que me permite vivir decentemente, todo gracias a usted, pero señor yo nunca le he hecho daño a nadie. ¡Dios! ¡Dios! ¡Dios! Algo fácil ¿Cómo qué? ¿Una piedra al balcón desde la azotea del hotel? Señor, es una señorita amable y muy joven. Guantes, si comprendo. Lo intentaré, pero es horrible, no soy un asesino.

Acabó la llamada y se sentó en un rincón con la cara entre las manos. El agradecimiento por su ayuda no podía llegar tan lejos. Llamó a su esposa y le pidió se fuera con los niños a la casa de su madre.

Romina terminaba de comer en su escritorio del ático la merienda, un poco tarde tal vez, pero sabía que Richard llegaría a última hora ese día. Erika, su hermana, llevaba dos días trabajando en el hotel con Sergio y, aunque no soltaban prenda sobre lo que hacían, los dos parecían muy satisfechos cuando almorzaron juntos en la cafetería.

Sonrió al pensar en su suerte al conocer a una familia tan maravillosa. Ninguno intervenía en las actividades de los niños, para dar la razón a sus propios hijos. Miró el reloj, eran las 19:40, Richard estaría de regreso cerca de las 9 de la noche, así que utilizaría el tiempo para revisar lo relativo a la guardería para los hijos de los empleados antes de subir al ático.

Acababa de llegar al ático cuando Richard le avisó que ya estaba en camino, pidió la cena para que estuviera lista al llegar Richard y fue a refrescarse y cambiarse de ropa.

Regresó al salón y comenzó a pasearse impaciente, salió al balcón y miro los alrededores por el telescopio, lo dejó con un suspiro, no podía creer que ya no la entretuviera como antes. Ahora su vida giraba alrededor de un hombre que hacía muy poco se había apropiado de su corazón. Se sentó en la tumbona y tomó una revista, la ojeó sin interés y la dejó en la mesilla, entró de nuevo al ático para abrir al camarero que traía la cena, le dio las gracias y regresó al balcón. Se recostó en la balaustrada y de pronto reconoció el coche de Richard que llegaba al hotel, dio un paso sonriendo hacia la puerta y un ruido la hizo volverse, una enorme piedra acababa de caer justo en el lugar que acababa de dejar. Comenzó a temblar, se sentía paralizada y las piernas no la sostenían, su estómago protestó y pudo llegar al sanitario donde un vómito explosivo la sacudió.

Allí la encontró Richard al entrar, estaba pálida y temblaba como una hoja.

-¡Romina! ¿Qué te ocurre?

Apenas lo vio comenzó a llorar. Richard la acunó en sus brazos y la dejó desahogarse, una vez calmada pudo articular las palabras.

-Amor ve al balcón, allí estaba yo, reclinada sobre la barandilla.

Sin entender y sin soltarla se dirigió al balcón. Entró con la muchacha asida fuertemente a él pero al mirar de nuevo la piedra ella comenzó a temblar.

-Amor, tranquilízate ¿Esa piedra cayó dónde estabas?

Romina respiró profundamente y asintió.

-Te esperaba, acababa de reclinarme a ver si llegabas y vi tu coche entrando al hotel, me di la vuelta, solo di un paso cuando de pronto la piedra cayó. ¡Alguien trató de matarme, Richard!

-Ven cerremos la puerta del balcón, voy a llamar al jefe inmediatamente.

Aún temblorosa y sostenida por él entraron al salón, se sentó en el sofá con ella y con el móvil llamó al jefe.

-Jefe, necesitó un equipo forense, hubo un intento de homicidio contra Romina, lanzaron una piedra de dos o tres kilos desde la azotea que por milagro no la alcanzó. Avisaremos para que los dejen entrar acá, yo voy con ella a revisar las cámaras. Claro jefe lo mantendré informado.

-Romina, vamos con Gómez, ¿estará allí?

-Debe haberse ido, pero Héctor o Miguel cubren esa tarea en las noches.

-Ah Romina, por favor avisa a recepción para que suban al equipo forense apenas lleguen y puedan recoger cualquier evidencia, si la hay, y la piedra. Luego deben subir a la azotea a ver si hallan algo.

Romina hizo lo que le indicaba Richard y se volvió hacia él.

-¿Por qué quieren matarme? Yo nunca he hecho mal a nadie, ni siquiera a Damián, nunca he tenido confianza en él y desde el principio no me gustó pero lo dejé en el cargo que papá le dio.

-Amor, recuerda que es tu único heredero, a menos que encontremos a un pariente consanguíneo Wolfe y la codicia es un motor poderoso.

Se dirigieron hacia la oficina de las cámaras donde estaba de guardia Héctor.

-Me alegro mucho que tengan este servicio Romina.

-Mi papá era muy celoso de la seguridad de sus huéspedes.

-Vaya si lo era, yo estaba de guardia cuando se colocaron las cámaras ocultas...

-¿Cámaras ocultas?

La voz de Richard se elevó, ante la sorpresa de Romina y Héctor.

-¿Qué significa?

-¡Cielos! Lo había olvidado, explícalo tú Héctor, por favor.

-Bueno, el señor Wolfe quería controlar las zonas que no transitaban los huéspedes, ni debían transitar todos los empleados, era para evitar robos y cualquier alteración o irregularidad. Hay cámaras en ambas puertas de la entrada al sótano, en la entrada a las azoteas y frente a la caja. Están las cámaras normales y otras ocultas.

-¿Por qué Gómez no nos dijo nada?

-Porque nunca las hemos utilizado, salvo para hacerles mantenimiento y como yo estaba de guardia cuando las instalaron seguro lo olvidó.

-Pero vamos a revisarlas, tal vez pueda decirnos quien reventó tus ruedas, Romina.

-¿Las ruedas de tu coche? Cuando ocurrió, Gómez no dijo nada.

-Porque le exigimos que fuese un secreto, no queríamos angustiar a los empleados.

Rápidamente Richard le explicó lo ocurrido y también lo que acababa de ocurrir y lo que querían.

-¡Malnacido! Ya me pongo a revisar, primero la azotea y luego la cámara de la puerta al garaje.

Con gran habilidad Héctor comenzó a pasar los videos.

-Miren la cámara regular esta movida, enfoca a un lado solo pared, veamos la cámara oculta.

Claramente pudieron ver a un hombre de estatura mediana de espaldas a la cámara oculta moviendo la otra cámara hacia la pared, pero cuando se volvió para subir a la azotea, no fue posible reconocerlo, tenía lentes oscuros y la capucha del suéter negro que llevaba sobre el uniforme de mantenimiento, le cubría parte de la cara.

-No se reconoce, pero voy a revisar las cámaras de los pisos y del ascensor.

De nuevo se dedicó concienzudamente a revisar los videos, hasta que gritó.

-¡Aquí!

Richard y Romina se enfocaron en las escenas que les mostraba Héctor, el hombre desapareció en las escaleras y apareció dos pisos más abajo, ahí tomó un elevador de huéspedes y bajó dos pisos más, salió del elevador y se dirigió al elevador de servicio, quitándose lo que llevaba puesto, lo metió en una papelera que seguramente el mismo recogería, llegó al sótano y desde ahí se dirigió a la oficina de mantenimiento para retirarse, tenía la cara muy seria y se le veía tenso.

-Romina, ese es Agustín, es un empleado nuevo pero muy diligente, trabaja muy bien ¿Por qué haría eso?

-Por la cara que traía al dejar el elevador, algo me dice que lo obligaron, no se veía muy feliz.

-Tal vez porque fracasó, Richard.

-No creo que lo sepa, porque lanzó la piedra y salió a la carrera de la azotea, tú viste como iba casi corriendo hasta que llegó al elevador de servicio.

-¿Estás seguro que es ese hombre, Héctor?

-Claro, más de una vez ha limpiado esta oficina conmigo de guardia.

-Bien, luego buscaremos la cámara oculta de las puertas al sótano dos. Revisa a ver si continúa en el hotel o ya salió. Iremos a ver qué encontró el equipo forense, avísanos al ático Héctor, por favor y gracias. Vamos Romina, debes descansar.

Subieron al elevador y encontraron a los forenses que ya se retiraban, se saludaron y le dieron un breve informe a Richard, despidiéndose hasta el día siguiente.

Romina pidió unos sándwiches y mandó a retirar la comida ya fría. Todavía estaba conmocionada y era incapaz de comer, quería acostarse abrazada por Richard y dormir para tratar de olvidar que alguien quería matarla.

Esa noche el sexo no fue una prioridad, Richard abrazó a Romina al acostarse y toda la noche la tuvo a su lado entre sus brazos. Al amanecer se levantó y sin esperar a Richard se duchó se vistió y sirvió el desayuno, que ella misma preparó. Richard la observaba desde la cama.

-¿Qué te ocurre, Romina?

-Necesito saber de dónde salió ese Agustín que intentó matarme, no puedo esperar Richard, dormí profundamente y descansé gracias a ti, a tu fortaleza cubriéndome y protegiéndome. Gracias por eso mi amor.

-Por Dios, amor. Crees que podría vivir si te ocurre algo. Estoy y estaré a tu lado para siempre.

Los ojos húmedos de Romina hablaban de la emoción que las palabras varoniles despertaron en ella, se volvió tratando de ocultar las lágrimas pero Richard saltó de la cama y la abrazó.

-Te adoro, mujer. Me ducho en tres minutos y salgo.
Romina se secó una lágrima traicionera y se sentó a esperar a Richard.

Amanda estaba frente a su escritorio, de Recursos Humanos, cuando entraron a hablar con ella.

-Buenos días Amanda ¿Cómo estás?

-Hola Romina ¿Qué te trae por aquí tan temprano?

-Agustín, empleado de mantenimiento.

-¿Agustín Peláez? Muy trabajador ¿Hizo algo?

-Sí, intentó matarme.

La cara pálida de la muchacha tenía el mismo color que la blusa blanca que vestía.

-¡Qué dices!

Richard le explicó brevemente lo ocurrido la noche anterior en tanto la muchacha buscaba el expediente.

-Aquí está Agustín López, 38 años, recomendado por Damián Montes. Se le aceptó sin mucho trámite por tratarse de tu tío y gerente del hotel de la isla.

Romina se contuvo porque la joven no tenía culpa alguna, tomaron el expediente y dejaron la oficina de Recursos Humanos.

-Lleva el expediente a tu jefe, no espera, no hace falta ya lo tienen, cuando ocurrió lo de los cauchos le entregamos los expedientes de los empleados nuevos. No puedo reclamar nada, porque salvo la prohibición de dar copia de mi llave a nadie, todo el personal ignora los detalles de mi relación con Damián.

-Lo cual ha sido una excelente medida, amor.

-Sabes, he estado pensando y tengo varias observaciones para ustedes y me gustaría enlistarlas para ti.

-Por Dios Romina, eso sería magnífico y una gran ayuda.

-Bien, lo primero es mejorar el sistema de búsqueda de la identidad de Damián Montes, ya le dimos a tu jefe una idea al respecto, luego determinar si él y Laureano Pinto tienen cuentas en algún banco de la isla, importantísimo hallar a la madre biológica de Arturo e interrogarla, es posible que conserve alguna foto de Laureano Pinto y por último investigar quien es Julia Gómez, la madre de crianza de Arturo.

-Eres buena sistematizando, sé que el jefe apreciará tu ayuda. Dime ahora ¿qué quieres hacer?

-Lo único que me intriga es porqué un desconocido para mí quería matarme, me gustaría estar presente en su interrogatorio.

-Me voy a la comisaría, te llamo tan pronto sepa algo sobre el sujeto.

Con todo cariño se despidió de Romina, a la puerta de su oficina. La joven entró un tanto cabizbaja y se sumergió en el trabajo diario para tratar de olvidar lo ocurrido, al final de la mañana llegó Erika y se dedicaron a trabajar para la boda, almorzaron juntas y Erika se despidió para buscar a sus niños.

Al final de la tarde, la comisión policial llegó a la dirección del sospechoso. No fue difícil encontrar la casa de Agustín, un barrio más bien pobre, pero de gente trabajadora, casas iguales adosadas, con pintura desconchada, sin embargo el número 18 se veía recién pintado, la puerta de madera pulida y sorprendentemente estaba abierta.

-Policía Judicial, señor Agustín Peláez -Gritó uno de los funcionarios, pero nadie respondió, todo estaba impecablemente limpio, una mesa con cuatro sillas, un tresillo y dos mesitas con jarros de flores frescas. De nuevo el funcionario voceó sin resultado alguno, pero esta vez escucharon una especie de gemido ronco y fue cuando lo vieron, un hombre en sus treinta bien cumplidos estaba sentado en el suelo en un rincón. Estaba descompuesto, desencajado, pálido y con signos evidentes de un llanto de larga duración. Un policía lo ayudó a ponerse de pie y el jefe del grupo preguntó -¿Es usted Agustín Peláez?

Un gesto afirmativo sirvió para que de inmediato le colocaran las esposas y sorprendidos lo condujeron hacia la calle, cerrando la puerta al salir. Era evidente la tristeza y el dolor del detenido.

Al llegar a la comisaría siguieron el procedimiento de registro y lo llevaron a una celda. El jefe del grupo se dirigió al capitán Chacón.

-Jefe, ese hombre esta hinchado de llorar ¿Seguro es un criminal?

-Ya lo sabremos Tito, ya lo sabremos, consigan algo para que coma y un té, mañana lo interrogaremos. Hay que dar tiempo a que se tranquilice. Por cierto Tito, la novia de Rick desea presenciar el interrogatorio, para saber por qué quiso matarla, avísale a él para que la traiga sobre las nueve de la mañana, podrá escuchar detrás del espejo.

-Sí señor, hasta mañana entonces.

Cuando Richard llegó al ático encontró a Romina dormida en un sillón, frente al televisor encendido, lo llenó de una profunda ternura y con suavidad tratando de no despertarla la tomó en brazos, sin embargo una sonrisa soñolienta y un beso en la mejilla respondieron a su acción.

-Buenas tardes amor, soñaba contigo y aquí estás.

-Hola Romí, ¡Ay, perdona cariño! Me salió natural llamarte así.

-Tú puedes llamarme como quieras, eres mi amor, mi querido, mi amado, mi compañero. Anda bájame, déjame en el suelo. Preparé la comida, está en el horno y deseo tu aprobación.

Además sabe cocinar pensó Richard al terminar la deliciosa cena de Romina. Fueron a ver televisión un rato y se acurrucaron en el sofá, no nombró nada del caso, ya tendría tiempo en la mañana de conversar sobre lo sucedido.

UN ALTAR CON LA VIRGEN MILAGROSA

Llegaron a la comisaría y la joven entregó al Capitán Chacón un paquete con pastelillos para todo el personal, saludaron a los presentes y se dirigieron a la habitación detrás del espejo.

Un hombre derrotado, deshecho, se sentó frente al capitán, quien mandó a quitarle las esposas. La voz ronca del hombre estalló en un lamento.

-Lo siento, lo siento mucho. No quería hacerlo, lo juro.

-Vamos a ver Agustín, tranquilícese y hablemos.

-No podía negarme señor. No podía.

El capitán trataba de conducirlo a una declaración formal ordenada y de pronto el hombre se recompuso y empezó a hablar.

-Tenía dieciocho años, ahora tengo treinta y ocho, trabajaba limpiando en un club y robé unos auriculares, estaban tirados en el jardín y debí entregarlos a la gerencia, pero los guardé en mi casillero, creo que no valían más de veinte dólares. Revisaron a todos y me llevaron ante el juez y me mandó seis meses a una prisión suave, los presos eran como yo, primera ofensa, y unos pocos eran malos de verdad.

-¿Por qué no le dieron trabajo comunitario? Era su primera falta.

-¡Una lección! dijo el juez, los auriculares eran de su sobrino.

El capitán Chacón movió la cabeza con pesar ante lo que le pareció una injusticia.

-Tenía tres días allí, cuando una noche trataron de violarme, yo daba gritos desesperados y nadie acudía. De pronto entró Laureano con dos secuaces, era el jefe ahí. Los que me sostenían me soltaron y quedaron unos segundos inmóviles, el tercero quien iba a violarme contuvo un grito y cerró su cremallera, ahí lo pateo Laureano y quedó en el suelo lloriqueando, a los otros dos los amigos los golpearon hasta hacerles sangrar y luego los patearon fuera de mi celda. Con una voz aterradora Laureano dijo: "tóquenlo y los mato", en pocas palabras, desde ese momento fui su sirviente. Cuando me llamó para ofrecerme este trabajo, yo era limpiador en un taller mecánico y aprendía lo esencial, para ayudar. Fui al hotel y me contrataron, me recomendaba el tío de la señorita, mejor salario, más limpio, estaba muy agradecido, nunca me pidió nada, hasta que me ordenó aflojar la abrazadera del fluido de frenos del deportivo, pero que solo goteara muy lentamente. No entendía la razón, pasó un tiempo y me mandó a pinchar las ruedas, obedecí sin protestar, lo último que me pidió fue lanzar la piedra. Le dije que no podía, que podía matarla, y la risa a través de la línea telefónica me escalofrió. "Y eso es lo que quiero, idiota" me gritó. Estaba muy asustado mandé a mi mujer y a mis dos hijos con su madre pensando que luego huiría, se lo conté a mi mujer y trató de que me fuera con ella. Pero estaba asustado, Laureano no perdona. El me salvó una vez pero le pagué con creces, fui su enfermero cuando le hicieron la cirugía y su sirviente por meses.

El capitán lo interrumpió -Quiere decir que usted seguía las instrucciones de Damián Montes.

-¿Damián Montes? ¿Quién es ese?

-Fue quien te recomendó para el trabajo.

Agustín miraba extrañado al capitán y de la misma manera se miraban Romina y Richard detrás del espejo.

-No señor, Laureano fue quien me mandó al hotel.

-Dime algo ¿Cuándo lo viste por última vez?

-En la cárcel, él tenía el teléfono de mamá y la llamó para ofrecerme este trabajo, no lo he vuelto a ver, solo hemos hablado por teléfono.

-Es decir veinte años que no lo ves y seguiste sus instrucciones sin dudar.

-Usted no lo conoce, señor. Es malo, muy malo. Cuando estaba en la recuperación el muchacho que lo pateó casi muere de una paliza que le dieron en la cocina y estoy seguro que fueron sus órdenes. Reconocí su voz al teléfono y además me recordó muchas cosas. Pero no podía matar, señor, por eso dejé caer la piedra cuando la vi moverse y salí corriendo, fallar no es una opción para él pero al menos sabrá que seguí sus órdenes, cuando le digan al tío de la señorita que su recomendado trató de matarla.

De nuevo los ojos de Agustín se llenaban de lágrimas

-Nunca más hice nada ilegal desde aquel estúpido robo. Y ahora seguir las órdenes de Laureano, todo lo que tengo lo obtuve trabajando, señor.

-Tendrás que tener un abogado para ayudarte, porque irás a juicio por intento de asesinato.

Aquel hombre derrotado hundió la cabeza entre los brazos y sus sollozos conmovieron a aquel duro capitán, detrás del espejo, Romina se volvió hacia Richard.

-Voy a pagar el abogado de ese señor, no merece una prisión larga, además dejó caer la piedra cuando me moví, ahora creo que Damián y Laureano Pinto son la misma persona.

-Tenemos que conseguir las pruebas urgentemente, ya sabemos que Damián Montes es un niño fallecido, lo único que hizo fue quitar un cero al documento. Los muchachos estaban avergonzados que no se le ocurriera hacer eso, pero son muy jóvenes recién salidos del horno como dice el jefe.

-¿Usurpación de identidad no es un delito?

-Sí, pero si es responsable por la desaparición de tu padre, lo queremos por eso.

-Entiendo, bueno yo me voy al hotel, cualquier cosa te llamo.

Un beso en la mejilla era suficiente para subir la temperatura de los enamorados y Romina se alejó rápidamente. "Cielos, cuando disminuirá ese deseo desesperado cada vez que se tocaban". Iba a entrar en su oficina cuando Andrea la detuvo.

-Romina espera, acaba de llamar tu tío, te llamó temprano pero no estabas y el operador le mencionó que había ocurrido algo por lo que me llamó a mí.

-¿Qué le dijiste?

-Que su recomendado, Agustín, trató de matarte, estaba horrorizado.

-Gracias Andrea, lo llamaré de mi oficina.

A quien llamó fue a Richard para decirle lo de Damián para luego dedicarse a trabajar.

En la comisaría las cosas andaban de mal en peor, el capitán con la dureza del caso interrogaba a un empleado administrativo de la prisión quien, tembloroso, al fin confesó que hacía poco más de seis meses Laureano Pinto le había pagado para que sacara su expediente del archivo muerto y lo eliminara. Como no podía destruirlo, lo introdujo en otro archivo muerto pero no recordaba en cual.

-Richard, ve con dos de los muchachos y este imbécil a tratar de encontrar ese expediente, sin las huellas no podemos lograr nada ¿Tienes idea de dónde saca dinero ese sujeto?

-Recuerdo que alguna vez Romina comentó que su tía le dejó dinero, además del departamento donde vivían aquí, si es la misma persona, ahí tiene una respuesta, además es el gerente del hotel de la isla, turistas, dólares, tranquilamente puede tomar dinero de ahí.

-Bueno dedícate a eso a ver si encuentras el expediente, faltan pocos días para la boda y me gustaría ver que le ponen las esposas antes de la misma.

-Tiene razón jefe, vamos a exprimir la memoria de este mal funcionario para tratar de tener las huellas.

El hombre se encogió más, si ello era posible.

-Por cierto, Richard. Uno de los muchachos cree tener una pista de un ganadero de apellido Wolfe, estoy rogando porque sea una búsqueda positiva.

Los tres días que faltaban para la boda pasaron en un suspiro y llegó el día de la ceremonia religiosa, el día anterior el juzgado había sido testigo de la entrega mutua. La cena resultó perfecta, con su pequeño ahijado ensayando como iba a entregar las arras a los novios y todos habían aplaudido su desparpajo. Romina se había ido luego de la cena con su amiga Laura y Richard con sus padres. Llegaría al ático donde la esperaba su traje de novia para bajar a recibir la bendición religiosa, a la hora convenida. En el jardín se había instalado el altar con la virgen Milagrosa y la cruz presidiendo la ceremonia, el altar estaba rodeado de flores rosadas y blancas con lazos dorados, unas cincuenta sillas forradas en blanco y dorado, lucían hermosas entre el follaje y los árboles del amplio jardín del hotel. Dos pequeños sillones y un reclinatorio indicaban el lugar de los novios. En un órgano, a la derecha del altar, se escuchaba música sacra. Todo el hotel estaba espléndido, y si siempre había sido lujoso, ahora brillaba como nunca antes.

El capitán Chacón se había ofrecido el día anterior para entregarla a Richard y las lágrimas llegaron a sus ojos al recordar a su padre desaparecido, pero eso había sido ayer, hoy estaba feliz de tener a Richard, su familia y sus amigos cubriéndola de protección y bendiciones.

Al llegar al lobby para salir al jardín encontró al Capitán Chacón, llevaba con elegante soltura un esmoquin negro y de nuevo sus ojos intentaron llorar pero se contuvo y sonrió. La tomó del brazo y la condujo hacia el jardín. Apenas posó sus ojos en Richard sintió que su estómago temblaba y se estremecía de emoción al ver aquel maravilloso hombre que la esperaba sonriente.

La ceremonia se deslizó sin tropiezos, su pequeño ahijado de la mano de uno de los sobrinos de Richard llevaba los anillos y cumplieron a la perfección su cometido y quien ahora lloraba emocionada era Laura, al ver a su pequeñín tan guapo cumpliendo con su madrina.

La fiesta estaba en su apogeo cuando el Capitán se acercó con un guapo mozo rubio, pero muy bronceado cercano a los treinta años.

-Mi querida niña, permíteme que te presente a Hernando Wolfe es el hijo mayor del primo hermano de tu padre, Hernán Wolfe. Justo en ese momento llegaba Damián Montes acompañado de una mujer, un tanto exótica de melena rubia. Damián no pudo evitar el fruncimiento de cejas y labios al escuchar las palabras del capitán. El único que lo miraba era Richard y un escalofrío le recorrió el cuerpo al ver como miraba a Romina.

Con lágrimas en los ojos Romina miraba intensamente a ese primo recién aparecido.

-Ahora recuerdo, papá siempre decía que su primo Hernán era muy rubio porque su madre también era alemana.

No pudo evitar las lágrimas y abrazó a Hernando.

-Vamos prima, nada de llanto. Este es un día de alegría, tu boda y nuestro reencuentro. Papá se emocionó mucho al saber la noticia de tu existencia y tu boda, espera que cuando regresen de su luna de miel pasen un par de días con nosotros en la hacienda.

Se volvió hacia Richard y le tendió la mano, que Richard estrechó sonriente.

-Mucho gusto, Hernando. Por supuesto que trataremos de cumplir con el deseo de tu padre y ahora a brindar y a bailar porque como tu acabas de decir esta es una celebración de felicidad.

A partir de ese momento la fiesta se tornó más alegre. Richard buscaba a Damián y no pudo hallarlo por lo cual se dirigió a uno de sus compañeros.

-Julio ¿viste a dónde fue Damián Montes?

-Déjame felicitarte primero, amigo, es la mejor fiesta a la que he asistido en varios años. Sabes que el jefe nos ordenó no perderlo de vista y apenas llegó el capi, con el primo de Romina, salió casi arrastrando a la mujer.

-¿Y sabes quién era ella?

-La seguridad la anotó como Julia Gómez pareja de Damián Montes, tío de la novia.

-¡Cielos! Si Romina se entera va a montar en cólera, gracias Julio, regreso con mi mujer.

La fiesta siguió cumpliendo con todas las tradiciones, Richard le quitó la liga a la novia, ella lanzó el ramo y de pronto desaparecieron. Nadie sabía su destino salvo dos empleados del hotel, la suite de luna de miel. Allí tenían todo lo necesario y una escapada al ático por algo olvidado sería muy fácil. En brazos de Richard cruzaron el umbral de la suite donde la dejó resbalar contra su cuerpo y la besó apasionado. Cuando se separó un instante para respirar vio las lágrimas que corrían por el rostro femenino.

-¡Romina! ¿Qué te ocurre?

-¿Nunca oíste decir, "llorar de felicidad"? No lo creía, pero estoy tan feliz que no pude evitar las lágrimas. Te adoro Richard.

A partir de ese momento el olvido de la realidad dominó a la amorosa pareja que se dedicó a demostrarse su amor, pero ahora como marido y mujer.

Damián paseaba por el salón del lujoso departamento con gestos rabiosos, Julia desde la butaca lo miraba desconcertada.

-No voy a soportar esto, Julia. Todo me tocaba a mí.

-No puedes creerlo ¿verdad? te casaste con Cristina creyendo que era dueña del hotel y solo estaba encargada porque le gustaba vivir en la isla. Ella murió ¿en un accidente? Te dejó heredero ¿Qué más puedes querer?

Cierto sarcasmo se desprendía de las palabras de Julia.

-Es un hecho, heredaste a tu mujer. Este lujoso departamento y una buena cantidad de bonos, además de dinero en bancos. Si tus planes de los diecisiete años hubieran resultado no tendrías más de lo que obtuviste. Es codicia, Laureano, tienes más que suficiente.

-Pero hasta ahora nadie me ha pagado por el tiempo en prisión y por algo más que sabes bien.

-Por Dios, Laureano. Olvida eso.

-Sí, pero no puedo olvidar el desprecio general de esa familia hacia mamá.

-¿Y qué esperabas Laureano? Tú madre se inventó una historia sobre el Wolfe muerto, tu propio padre supo de ti y te reconoció, te dio todo lo que quisiste, tus hermanas encantadas contigo. Y tú seguiste con la persecución a los Wolfe, lo cual nunca entendí ni entiendo.

-Es igual, Romina va a pagar por el desprecio que siempre me ha demostrado y también el mequetrefe con quien se casó.

-Sabes que siempre te he seguido, no he vacilado nunca. Me dijiste cuando estaba con mi tía que Simón y Cirilo se fueron a una ranchería de pescadores, pero desaparecieron y nunca dudé de tus palabras. Ese muchacho Cirilo tiene a su familia buscándolo desde entonces. Sin embargo, ahora siento temor, como un presentimiento, creo que esta vez no debías seguir con lo que estés tramando en tu cabeza.

-Qué tontería dices Julia. Me corto la cabeza que al regresar de luna de miel viajarán al Amazonas, a Canaima, a investigar lo del padre de Romina, porque del Delta no saben nada y entonces será mi oportunidad de cobrar mi venganza. Anda muévete, vamos a la cama. Mañana ya veremos.

INTRIGA DE AMOR Y MUERTE

LA CAPITAL ES KRALENDIJK

Richard y Romina salieron al aeropuerto a la hora indicada, felices del tiempo que pasarían en Bonaire, una isla del ABC del Caribe, Aruba, Bonaire y Curazao. Conocida, entre otras cosas, por sus paseos submarinos. Un sitio ideal para una luna de miel, corta como la que tendrían por el momento, pero que les permitiría relajarse y conocerse mejor.

Ya en el avión con una copa de champaña en la mano cada uno, Romina le preguntó a Richard.

-Dime la verdad, crees que vamos a olvidar todo mientras estemos en Bonaire o vamos a seguir investigando.

Richard se sintió apenado por la pregunta, quería disfrutar su luna de miel pero tenía tantas cosas en la cabeza que no podía obviar la investigación.

-Lo siento Romina, le dije al jefe que me enviara cualquier cosa que encontraran.

Romina lo abrazó tiernamente.

-Amor mío, no me atrevía a pedírtelo pero yo te adoro, quiero que nos amemos, juguemos, hagamos cosas nuevas, experimentemos, pero que nos mantengamos al tanto de lo que ocurre. Es mi vida, nuestra vida y la de papá, que estoy casi segura murió, pero necesito saberlo con certeza.

La aeromoza trajo un pequeño folleto que les entregó sonriente.

INTRIGA DE AMOR Y MUERTE

La Arquitectura Holandesa predomina en Bonaire
Foto sarakellyspeaking en morguefile.com

El buceo es uno de los principales atractivos de la isla
Foto Vlad Tchompalov en unsplash.com

El Windsurf es otro deporte muy apreciado
Foto ipostcross en wunderstock.com

El turismo en Bonaire está orientado a los deportes
acuáticos pero mucha gente sale de shopping
Foto Brian Boardman en wunderstock.com

-Para que planifiquen su estadía en la Isla, hay muchas cosas para hacer.

-Muchas gracias señorita, muy amable -Las palabras casi fueron simultáneas en la pareja.

-Mira Richard, la capital se llama Kralendijk ¡cielos! Es holandés no sé si se pronuncia así, menos mal que el aeropuerto se llama Internacional Flamingo.

Richard revisaba en silencio el folleto.

-Qué te parece, su mayor belleza es la vida subacuática ¿Cómo se te da el snorkel?

-Amor en la piscina del hotel de la isla se dan clases de submarinismo y toda mi vida, cada vez que íbamos allá, entraba a las clases.

-Perfecto nos anotaremos en el tour de snorkel y navegación, se navega y se bucea en Klein Bonaire, imagínate hay 60 sitios de buceo.

Romina veía también el folleto -Mira Richard, Windsurf, lo hice un par de veces en la isla ¡Es divino!

-Te propongo lo siguiente. Las mañanas después de amarnos frenéticamente al despertar, desayunamos opíparamente y nos dedicamos a los deportes acuáticos, comemos algo y siesta, amor al despertar, salir a bailar en la noche para aprovechar y estrecharte entre mis brazos, después ver cualquier show que haya en el hotel o en algún otro lugar de la isla. Regresar a la cama o al sofá, o al jacuzzi o a la mesa del comedor a descubrir cada rincón erógeno de nuestros cuerpos.

Las carcajadas de Romina que casi le hacían saltar lágrimas llamaron la atención de los otros pasajeros, que sonreían al ver a la atractiva pareja con sus anillos de casados brillantes de nuevos, casi en susurros contestó a su marido.

-Ya veo que no has olvidado que estamos en luna de miel ¿En qué momento revisaremos la información que nos envíen?

-Estoy seguro que el jefe solo enviará informaciones muy, muy importantes y si llega algo, buscamos un hueco en nuestra ocupada agenda y consabido trajinar.

Esta vez los dos rieron a carcajadas. El vuelo no era muy largo, pero a los pocos minutos en el aire ese trajinar del que hablaba Richard cobró su cuota y se quedaron dormidos con las manos asidas.

Su padre se había dedicado a facilitarles su llegada a Bonaire, un chofer con el cartel Mr. and Mrs. Hippolyte los esperaba a la salida de inmigración para llevarlos al hotel Harbour Village Beach Club, al llegar al hotel y luego de registrarse, les informaron que tenían a su disposición un vehículo para sus traslados y paseos si así lo deseaban. Y la comida se la servirían en la terraza.

Con Romina en brazos entraron directo a la habitación, con un brillo pícaro en los ojos, Richard la dejó caer en la cama King que presidia el amplio aposento.

-No, no Richard, muero de hambre, nos dormimos en el avión y no he probado bocado desde las ocho de la mañana ¿Qué hora es? ¡Las cuatro de la tarde! vamos a comer ya antes de que te muerda a ti.

-Tendría su atractivo que lo hicieras suavemente, en ciertos sitios.

Riendo se dirigieron a la terraza desde donde se veía la bahía, los esperaba una mesa deliciosa. Comieron con apetito, probando todos los platos, en su mayoría pescado y frutos del mar. Al terminar se tendieron en las tumbonas cercanas y el sueño los atrapó.

Despertaron casi a la hora de la cena y decidieron cenar mientras veían un show, no querían acostarse demasiado tarde, para organizar sus paseos del día siguiente. Disfrutaron enormemente de la cena y el show y subieron a la habitación cerca la una de la mañana.

Al entrar casi se arrancaron la ropa con rapidez y se dejaron caer desnudos en uno de los divanes de la sala para entregarse con deleite a su recién descubierta pasión, amarse frenéticamente.

Dormir, despertar y amarse de nuevo los hizo reposar casi hasta media mañana.

-Dios mío Richard, tenemos que controlar un poco nuestra libido. Mira la hora ya salieron todos los tours de la mañana.

La sonrisa de Richard era muy esclarecedora -¿Estás segura, amor mío, en eso de controlar la libido?

-Eres un malvado Richard Hippolyte, sabes que no estoy nada segura.

Las carcajadas invadieron el aposento cuando Richard la tomó en sus brazos para besarla tiernamente.

Vamos amor, arréglate, desayunamos y salimos en el auto que nos alquiló papá, con un mapa e indicaciones de información llegaremos a algún sitio.

Pasaron tres días sin noticias del jefe y en ese lapso visitaron el lago Goto, del que se decía abrigaba veinte mil flamencos. Iniciaron sus paseos de buceo, maravillados por la belleza subacuática tan valorada en la isla. Y una de las actividades que más disfrutaron fue el *Clearbottom*, paseo en Kayak. Acababan de regresar de uno de sus paseos y se dejaron caer en las tumbonas del balcón mientras sorbían unos jugos de fruta exquisitos.

-Dios estoy agotada. No voy a moverme de aquí hasta mañana.

-¿Estás segura?

Se había convertido en una frase de Richard que los hacía reír, porque bastaba que la dijera para que Romina estuviera más lista que un boy scout. Sin embargo, esta vez no se movió y cuando Richard la miró estaba dormida con el jugo a punto de derramarse al suelo. De inmediato le quitó el vaso y lo colocó en la mesa.

-¡Caray! Pobre amor mío, de verdad está cansada - Colocó la sombrilla de manera que el sol de la tarde no la molestara e imitó a su mujer con un sueño reparador.

Esa noche pidieron la cena a la habitación, había llegado un mensaje muy interesante del jefe y querían revisarlo, les quedaban cuatro días de luna de miel y podían dedicar un par de horas a la investigación.

Después de bañarse juntos, para variar, y experimentar el placer más delicado se pusieron los pijamas. No saldrían esa noche y revisarían lo que Richard había recibido de su capitán.

-Bueno, quiero mostrarte el resultado de las últimas pesquisas encontraron a Adela Suárez, madre de Arturo y ex esposa de Laureano Pinto, el jefe mandó copia del interrogatorio, ¿Quieres oírla?

-Por supuesto ¿Y no hay noticias sobre Damián - Laureano?

-Aún no encuentran el expediente. Voy a leer sólo las respuestas de la mujer.

-Está bien.

Romina se dejó caer en el sofá y, medio tumbada, se dispuso a escuchar. Richard se sentó a sus pies y colocó los pies de la joven en su regazo.

-Bueno, esta es la declaración; "Mi nombre es Adela Suárez, soy enfermera. Mi familia somos mi hermano y yo, él tiene una leve discapacidad y es diácono de la iglesia. Laureano se presentó en el ambulatorio donde trabajaba con una herida leve y yo lo atendí. Después de salir una docena de veces, me pidió matrimonio. Supongo que se casó conmigo porque se dio cuenta que no iba a aceptar una aventura. El matrimonio duró siete años, tuvimos a Arturo, él se fue cuando Arturo tenía seis años, lo quería bastante y siempre se ocupó de él. Fue difícil para mí porque cada vez que regresaba de una salida con el padre, llegaba rebelde y grosero. Esa fue mi vida hasta que Arturo cumplió trece años, fue cuando Laureano se presentó con un abogado y una orden de un juez para llevarse al niño. Claro que protesté pero me dijo que no quería que su hijo fuera un beato sin ambición como mi hermano. Una vez al mes lo llevaba a casa para que lo viera. Arturo me contaba de su maravillosa vida, que la mujer de su papá lo trataba muy bien, que se llamaba Julia Gómez. Me contó que su papá estuvo casado con Cristina Wolfe, pero que ella había muerto y le había dejado una herencia."

-Fíjate el jefe puso una nota al margen. "Cuando terminó la entrevista estalló en llanto, arrepentida de no haber luchado por su hijo que ahora era un extraño". Mandó fotos, aquí están las copias, hay una que el jefe cree podemos pasar por reconocimiento facial.

-Déjame ver las fotos.

Lentamente Romina fue revisando las fotos y de pronto se detuvo para preguntar.

-¿Qué hace aquí la foto de Sara Ruiz? es la viuda que desapareció con papá.

-No tengo idea, mira si dice algo por detrás.

-¡Julia Gómez!

Romina estuvo unos segundos en silencio, pensativa.

-¡Claro, Julia Gómez! Me fue familiar en la boda pero no puse mucha atención porque en ese momento llegó mi primo Hernando. Ella es Sara Ruiz, y está muy viva.

-¿Qué dices? Hay que hablar con el jefe, entonces esa mujer es cómplice en la desaparición de tu padre.

Romina tenía la cabeza baja y los ojos anegados en lágrimas.

-Amor no te pongas así. Estamos muy cerca de saber lo que pasó.

-Tengo una gran tristeza por papá, estaba entusiasmado con esa mujer, por primera vez desde que mamá murió lo vi alegre y ella era una serpiente preparada para atacar. Richard la abrazó tiernamente, mientras le secaba los ojos.

-Tengo que avisarle al jefe enseguida amor, anda tranquilízate -Tomó el teléfono satelital que había llevado y marcó el número privado del jefe. Dos timbrazos después escucharon su voz.

-Richard ¿Qué ocurre?

-Hola jefe, pondré el altavoz. Julia Gómez la mujer de Damián Montes es Sara Ruiz.

-¿Qué dices? ¿Estás seguro?

-Estoy segura capitán Chacón. Estuvo casi quince días en el hotel y cené varias veces con ella y papá. Desayunaba a diario en la cafetería, lleven la foto para que los empleados la vean, alguien tiene que recordarla a pesar de tanto tiempo transcurrido.

-Muchachos es una gran noticia, mañana la mandaré a aprehender. Es la primera pista seria que tenemos y no la dejaré pasar. Pero hasta que regresen dedíquense a lo suyo, amarse -Con esa última palabra cortó la comunicación.

-¿Romina nunca sospechaste de Sara Ruiz?

-Era una dulce viuda sin hijos. Y sin duda una excelente actriz. Ya te dije que me pareció conocida cuando la vi en la boda.

-Bueno como dijo el capi, estamos de luna de miel y tenemos cosas que hacer.

La risa femenina fue la respuesta al comentario, para luego colgarse al cuello de su marido para besarlo ansiosa.

-Tienes razón amor, vamos, ocupémonos de nuestras obligaciones.

Entre risas se dirigieron a la alcoba donde una vez más se adentraron en el paraíso.

A pesar del amor, que disfrutaban al máximo, y los paseos y deportes que les encantaban, más de una vez se sintieron deseosos de comentar el caso.

Esa noche después de un día intenso de actividades acuáticas, apenas cenaron, el cansancio los hizo dormir profundamente hasta las siete de la mañana cuando el teléfono del hotel los despertó.

-¡Qué raro! ¿Quién será? Buenos días ¿quién es? ¡Papá! Espera que ponga el altavoz para que Romina escuche.

-Buenos días papá. Que grato escucharte.

-Hola pequeña ¿Cómo te trata mi hijo?

-De maravilla, señor.

Las risas del padre resonaron en la alcoba -Ya veo que el cachorro sabe lo que hace.

-Papá deja de bromear, puedes decirnos ¿Qué ocurre?

-Intento de robo en la casa.

-¿En la granja?

-No en la casa familiar -Se escuchó la voz de la madre -Tu padre y yo tenemos nuestra cita de exámenes médicos anuales y claro nos quedamos aquí.

-Tu madre despertó porque escucho vidrios rompiéndose. Busqué mi revolver de la naval y salí de la alcoba, con tu madre nerviosa murmurándome en susurros y pegada a mis talones. Sigilosamente llegué a tu despacho, me asomé y sorpresa, los móviles no estaban y el hombre revisaba tus papeles de la luna de miel. Disparé al escritorio.

-¿Le disparaste, papá?

-Sí, no quería herirlo y el hombre corrió como una liebre hacia el salón y saltó por el ventanal roto, disparé al aire justo cuando llegaba la policía, pues la alarma suena y la empresa avisa a la comisaría. Muchas explicaciones, pero di tu nombre y el de tu jefe y todo resuelto.

-¡Demonios! Mamá debe estar muy alterada.

-Ya no, ahora me mira como a un héroe -Las risas de Romina y Richard se escucharon.

-Papá, dime algo ¿Los papeles del viaje al Amazonas estaban ahí?

-Claro que no. Eso lo preparé desde la granja. Todo está listo como me lo pediste.

-Por cierto nada de tacañerías, anda a comprar unos móviles nuevos.

-Muchacho no seas grosero, respeta a tu padre, apenas son las siete y media ¿dónde propones que los compre?

Las carcajadas dieron por finalizada la llamada.

-Eso es muy raro Richard. Me parece que Laureano Pinto, AKA Damián Montes, tiene su mano en ese robo, seguro pensaron que la casa estaba sola y se llevó la sorpresa de su vida.

-Amor ¿Qué es eso de AKA?

-Also Know As o sea También Conocido Cómo, no entiendo porque no usan alias o seudónimo. Esa manía de usar acrónimos para todo es una necedad.

-Nunca lo había oído, amor mío.

-Porque no lees chismes de farándula.

-Romina ¡Qué sorpresa!

-Se llama leer revistas en la peluquería.

Tenemos que hablar con el jefe, esa incursión a mi casa me da muy mala espina ¿Qué quiere Damián Montes? Ya sabe que tienes un heredero natural.

-Supongo que venganza.

-¿Y lo dices tan tranquila?

-Piensa un momento Richard, estamos fuera de su alcance. Nos quedan tres días de luna de miel, tenemos todo organizado para que no sepa adonde iremos ¿No te parece lógico que nos preocupemos cuando vayamos a nuestro próximo destino?

-Dios, eres maravillosa. No me cansaré nunca de decirlo a quien me quiera oír y si además supieran como eres en la cama…

-¡Richard!

Las carcajadas masculinas la hicieron reír también.

-Amor, era en broma, pero que conste, no es mentira.

Aquel juego de palabras terminó como todo entre ellos en un encuentro apasionado.

Esa tarde hablarían con el jefe por videoconferencia a fin de puntualizar lo que tenían hasta el momento.

Estuvieron hasta el mediodía disfrutando de las actividades acuáticas que tanto les gustaban, al regresar pasaron un rato en la piscina, almorzaron a la orilla de la misma y subieron a descansar para esperar la videoconferencia con el Capitán Chacón.

Cerca de la hora prevista despertaron de la siesta y se encontraron dispuesta la mesa con una bandeja de *petit fours*, café y té.

-¡Dios mío! de aquí saldremos con varios kilos demás. Sabes, voy a alejar los *petit fours* de la videocámara, no quiero que el capi los vea pues él es muy goloso.

La risa femenina fue la respuesta.

-Es cierto. Se muere por los dulces.

-Bueno Romi, encargaremos una caja para llevar el día que regresemos.

-Buena idea, voy a pedir dos o tres docenas y los llevamos de regalo, fíjate que en la bandeja hay más de una docena y casi no ocupan espacio.

-Sabes, nunca me gustó que me llamaran Romí, pero me encanta cuando tú lo dices.

Richard la abrazó y la besó y los juegos amorosos hubieran continuado si no es por el timbre del teléfono.

-¡Cielos! La llamada vamos.

Se sentaron frente a la laptop y apareció la cara rubicunda y sonriente del capitán Chacón, jefe del precinto 52.

-Caramba muchachos se les ve exultantes de felicidad.

-Pues usted también tiene muy buena cara, señor.

-Tiene razón Richard.

-Son las buenas noticias ¿Por dónde empiezo?

-Siempre por el principio, creo.

El comentario femenino, hizo reír al jefe a carcajadas.

-Niña, niña, siempre tan pragmática. Seguiré tu opción. Detuvimos a Julia Gómez y cuando se percató que se le podía acusar de complicidad en la desaparición de tu padre, y que probablemente fue asesinado por Laureano Pinto, alias Damián Montes, comenzó a cantar como María Callas, porque la complicidad en el viaje y el engaño sobre su identidad no se lo quita nadie.

-¿En serio jefe?

-Muy en serio muchacho, se quitó la complicidad en el crimen que aún tenemos que probar. ¡Ah, algo importante! Al fin podemos confirmar que los dos son uno.

-Señor no entiendo ¿Tú entiendes Richard?

-Supongo que se refiere a que los dos nombres pertenecen a una sola persona ¿Estás distraída, amor?

-Sí, escuchar que papá fue asesinado es duro y despertó penas olvidadas.

-Lo siento Romina, pero mientras más pronto aceptemos esa posibilidad será mejor.

Romina asintió en silencio mientras Richard la tomaba tiernamente en sus brazos para consolarla.

-Bien, cuando se casó con tu tía era soltero, ya lo confirmó su ex esposa, pero como Damián Montes no existe el matrimonio es igualmente nulo. Siempre creímos que tu padre desapareció en Amazonas y allí se centraron todas las investigaciones anteriores, pero de acuerdo con Julia viajaron al Delta del Orinoco. Ella permaneció con sus tías en el caserío donde viven para compensarlas por el tiempo que no las visitaba y Damián salió con tu padre y Cirilo en la lancha a ver unos lugares apropiados para el hotel. Dos días después, Damián regresó solo y le dijo a Julia que después de ver los terrenos, Simón se había ido con un amigo a visitar una ranchería de pescadores en la desembocadura del Orinoco. Si Julia sospechó algo no dijo nada, según ella alguna vez le preguntó a Damián qué habría pasado con tu papá y Cirilo, él respondía que tal vez se habían ahogado porque el río tenía partes muy peligrosas.

-Es cierto capitán, todos los informes que recibí al inicio de la investigación se centraban en Canaima y la Gran Sabana.

-Igual vamos a continuar nuestra luna de miel en esa zona turística jefe, contactaremos al padre de Cirilo, Antonio Hines quien aún sigue buscando a su muchacho, para que nos acompañe.

-Tenemos cuatro hombres en la zona, dos en Canaima que están trabajando en el hotel donde se alojarán y dos en el Delta, como turistas y etnólogos. Han visitado a los grupos indígenas y tratan de averiguar discretamente. Cuando ustedes lleguen ya tendrán como una semana allá y no despertarán sospechas si es que Damián tiene informantes pagados por esos lados.

-Caramba Capitán ha tomado bastantes precauciones, gracias.

-Hija, yo siempre amparo a mi gente y en este caso, si actué como su padre en la boda, la protegeré como a una hija. Lo último que sabemos es que Damián está desaparecido, algo me dice que está esperándolos. Hablé con el jefe de policía del Delta que no conocía el caso y está prevenido, se le enviaron fotos de Damián en distintos atuendos. Hay dos lanchas, una la tienen mis hombres y la otra será para ustedes. Los tres días en Canaima serán parte de la luna de miel. Tu papá contrató paseos en canoa y helicópteros que pueden modificar allá. Tú papá envió la relación de todo. Los muchachos están al tanto y tienen los contactos con las personas de interés. Fui encomendado a decirles que los tres días que quedan son solo de luna de miel, porque todo indica que el destino es el Delta del Orinoco y no Canaima.

-¡Caracoles! Me quedo sin palabras, papá de verdad lo ha hecho muy bien, se nota que le encanta que me haya casado con mi bella esposa.

-Dígale de mi parte lo agradecida y feliz que estoy de ser parte de su familia.

-Muy bien con gusto lo haré y hasta pronto. Los veré el viernes.

Con esas palabras cortó la comunicación y Romina y Richard rompieron a reír, para abrazarse después.

-Bueno amor mío, diversión y amor en los tres días que nos quedan, órdenes del capitán y yo deseo entrar al jacuzzi con mi mujer, ligerita de ropa.

-¡Hum! ¿Cuáles son tus intenciones?

-¿Tú qué crees?

-Espera entonces, me pondré mi bikini y traeré unas toallas.

Apenas Romina entró a la habitación, Richard se despojó de su short y entro al jacuzzi desnudo. Al poco rato regresó Romina con un hermoso bikini dorado.

-¡Guao! Ese es nuevo, no lo había visto.

-Sí, lo compré esta mañana en la boutique del hotel.

-Lástima que no lo vas a lucir mucho tiempo.

No necesitaba los consejos de su jefe para dedicarse a amar a aquella mujer que era su esposa. Apenas entró al jacuzzi se deslizó hacia ella y con los dientes, y ante las protestas no muy serias de Romina, le bajó las copas del bikini para apoderarse de sus senos.

-Richard ¡Estás desnudo! Eres un tramposo, se suponía que nos relajaríamos en el jacuzzi.

-Exactamente lo que hago, relajarme a tu lado.

Poco a poco las protestas femeninas disminuyeron y se trenzaron en un encuentro apasionado, que los llevó a la gloria del orgasmo compartido.

Los días siguientes repitieron algunos de los paseos, pero principalmente permanecieron a la orilla de la playa y en la piscina. Considerando lo poco que se conocían cuando se casaron, pasaron mucho tiempo hablando de sus primeros años de vida, de sus amigos, de los países que visitaron. Romina le confesó que aceptó salir con ese primer novio, porque veía lo feliz que estaba Laura, su amiga, pero que había sido una experiencia para no recordar. Los días pasaron y ya estaban subiendo al avión, sombrero y lentes ocultaban el rostro de Romina, una caja no muy grande con los dulces en una bolsa, mientras Richard llevaba una gorra de los Dolphins y el bolso bandolera de Romina en sus manos. Rápidamente la aeromoza se hizo cargo de la bolsa y el sombrero, ofreciéndoles una copa de champaña.

Romina sonrió a Richard y le acarició una mejilla antes de estamparle un beso en la misma.

-Eres lo mejor que me ha ocurrido en la vida y no sé cómo pude vivir sin ti, hasta ahora.

La ternura de las palabras femeninas emocionaron a Richard que sintió algo imprevisto, sus ojos aguados. La besó sin palabras y tomó su mano.

El vuelo no presentó ningún inconveniente y pronto cruzaban el túnel de salida del avión tomados de las manos, quien los observase vería el inmenso amor que se profesaban, la condición oficial de Richard les aceleró el paso por inmigración y pronto estuvieron en los brazos de los hermanos de Richard.

-Bueno pareja, se nota que la pasaron muy bien ¿Cierto hermanito?

-Supongo que sabías bien lo que tenías que hacer aunque nunca consultaste con nosotros.

-No empieces Raúl, mira la cara de Romina, la están avergonzando.

-No mi amor, no pasa nada. Solo quiero dar fe que tú sabes muy bien lo que haces.

Quien enrojeció fue Richard con las carcajadas de todos, terminaron las bromas y entraron al vehículo que los esperaba.

La bienvenida fue muy completa, amigos y familiares compartirían la cena que preparaba Celia.

Fueron a la habitación de Richard y quedaron impresionados, ya no era la habitación del hijo menor, una cama King la presidia y todos los recuerdos juveniles habían desaparecido. Richard fue a la puerta y gritó.

-¡Mamá! ¿Dónde están los recuerdos de mis estudios?

La voz de la madre se escuchó clara así como las carcajadas de los presentes.

-¿Qué eres tú, un niño o un hombre Richard? Tus recuerditos están guardados en el depósito.

-Gracias mamá.

-Ven acá hombrecito y cierra la puerta necesito un poco de tu sabiduría corporal.

Sin dudar Richard siguió sus instrucciones y saltó a la cama para reencontrase con su libido. Cada día se conocían más y ya sabía que tocar la parte interior de los muslos femeninos la hacía derretirse en sus brazos.

A las seis de la tarde salieron bañados y vestidos de la habitación. Las alabanzas al bronceado, a las caras de felicidad y a lo elegantes que estaban los recompensaron con abrazos, besos y las preguntas sobre las bellezas naturales que habían visitado.

Hasta que la madre los interrumpió.

-Esto es con los niños Hippolyte, ustedes estuvieron dos veces en Bonaire así que basta de preguntas, vamos a brindar por la felicidad de los recién casados que en dos días continuarán su luna de miel en Canaima.

-¿Canaima? ¿Cómo se puede llegar hasta allá?

Era Laura la amiga de Romina quien preguntaba.

-En avioneta. Es extraordinario, cuando tu niño este más grande deben ir, queda al sur de Venezuela, geológicamente es lo más antiguo en América, ahí está el Salto Ángel, una maravilla natural. La caída de agua más alta del mundo.

La entrada de Celia, la cocinera, acompañando al Capitán Chacón y a su esposa inició una nueva ronda de saludos. Y los tragos que preparaban los hermanos de Richard fueron entregados a todos para brindar por la felicidad de los recién casados.

Poco a poco se fueron agrupando para conversar o atender a los niños y el capitán se acercó a la pareja, traía un cuaderno en la mano y una sonrisa en el rostro.

-Qué tal pareja feliz. Ya veo que tuve razón en emparejarlos. Pero aún no ha pasado el peligro y tienen que estar bien claros en esta situación porque el sospechoso Damián/Laureano desapareció. Tengo dos hombres en el Delta, Jackson tu alumno de Antropología Forense y Joaquín nuestro divertido explorador. Jackson habló con uno de sus profesores para hacer unas encuestas, su cubierta es válida y Joaquín dice que fue a ayudar a su amigo y a hacer turismo, que por cierto parce ser muy bueno en Tucupita, la capital. No han encontrado ningún rastro de Damián, mis hombres navegarán a unos minutos detrás de ustedes. Ahh, aquí está tu padre, Albert explica tú que eres un experto organizador.

-Bien, gracias Arturo. Ser organizado es una necesidad en los negocios y supongo que persiguiendo delincuentes también. Richard es el único de mis hijos organizado y le ha ido bien.

-Gracias papá. Tienes razón, heredé tu capacidad de organización.

Vamos a resumir para que te unas a la celebración. Alquilé dos voladoras, son lanchas rápidas, una será para ustedes y la otra para los hombres del Capitán. Tito y Esteban, de mi entera confianza, están en Canaima. Tito trabaja en el hotel y Esteban con los helicópteros, si desean movilizarse el hotel provee lo necesario pero les contraté varios paseos con "Helicópteros Raúl". Cuando terminen los tres días de luna de miel vuelan a Puerto Ordaz y de ahí a Tucupita por tierra, Tito y Esteban los seguirán. Con ustedes irá un sobrino de Antonio Hines que conoce el Delta porque la mamá es de la tribu warao, es un adolescente pero muy listo. El padre de Cirilo se irá por los caños hasta llegar al Orinoco y estará allá cuando ustedes lleguen. Yo he colaborado en la logística pero toda la planificación es de Arturo Chacón.

El capitán Chacón sonrió ante el halago conversaron un rato más y luego se incorporaron a las conversaciones con el resto de la familia y amigos. La reunión terminó casi inmediatamente después de cenar. Esa noche toda la familia durmió en la casa para poder llevar los niños al colegio a la mañana siguiente y cada quien a su trabajo.

Los padres de Richard se iban a quedar hasta que la pareja volara hacia la Gran Sabana y Canaima. Luego del desayuno Albert se llevó a Richard al despacho.

-Hijo mío, estoy muy preocupado a pesar de todas las precauciones de tu jefe, ese hombre supo escabullirse de la vigilancia policial y no han encontrado pistas de su paradero, el capitán está tan convencido de que el hombre quiere acabar con ustedes que logró que un antiguo colega del ejército le prestara unos chalecos ultralivianos de kevlar, para que ustedes los usen en el Delta. También te dejó unas gorras de una malla resistente a un disparo, él también quiere que enseñes a Romina a disparar, antes de pasado mañana, y le entregues una pistola pequeña que tiene Tito para ella.

-Caray papá, Romina se va a asustar mucho.

-Toda precaución es poca, ahora vayan a descansar. Cualquier otro detalle lo discutiremos mañana.

Abrazó a su hijo y salieron del despacho a sus habitaciones. De pronto un coro de voces seguido de carcajadas se escuchó. "Papá, mamá estamos celosos, por la habitación nueva de Richard, queremos una habitación nueva también"

Richard y su padre rieron a carcajadas y se fueron a dormir. Al entrar a la habitación Richard encontró a Romina profundamente dormida. Se desvistió y se acostó a su lado para quedar dormido de inmediato.

INTRIGA DE AMOR Y MUERTE

JAMES (JIMMY) CRAWFORD ANGEL

Para personas acostumbradas a trabajar a diario, después de dejar el paraíso de la luna de miel, era tedioso encerrarse en una casa, a pesar del deseo que sentían el uno por la otra y viceversa, no podían pasar el día en la cama.

Romina conversó largamente con su suegra, con Celia y con Manolo sobre los gustos de Richard, escuchó distintos cuentos de las travesuras de los niños Hippolyte y que su amado Richard era casi un nerd, que pasaba las horas leyendo o en la computadora investigando toda clase de cosas y cuando los hermanos lo reclutaban para alguna travesura siempre ocurría un caos por su imaginación creativa. Se rió hasta el cansancio, en tanto Richard repasaba a la manera policial todos los planes del Capitán.

Sentados al lado de la piscina, tomando mojitos al sol, reconocieron que ese día antes de salir hacia Canaima se les estaba haciendo larguísimo.

Al llegar la noche se retiraron temprano. Un chofer de la empresa del padre los llevaría al aeropuerto, a la hora prevista. Prepararon el equipaje cuidadosamente, repasaron varias veces los planes y se acostaron un tanto nerviosos por la incertidumbre de lo que les esperaba.

-Me niego a estar nervioso, Romina. Este viaje es parte de nuestra luna de miel.

El Salto Angel en Canaima es la principal atracción
Foto David Kjelkerud en Wunderstock.com

Los paseos en lanchas o curiaras son utilizados en el turismo de aventura de la región
Foto Yoel en morguefile.com

Mucha comodidad en medio de la selva en Canaima
Foto Ara Merú Lodge

Esta parte del río es hermosa pero no navegable
Foto Jorge Salvador en unsplash.com

-Tienes razón amor. No me atrevía a hablar porque estabas muy callado. Pero vamos a disfrutar de esa región que todas las agencias de turismo del mundo califican de espectacular.

-Aquí tengo un tríptico del hotel. Vamos a revisar la planificación de papá y los planes del hotel para ver si es preciso cambiar algo. Tal y como hicimos en Bonaire.

-Pero lo haremos cuando estemos en el avión, Richard.

Una vez que llegaron al Hotel Ara Merú Lodge en Canaima, casi a la hora del almuerzo, Richard ya había revisado los planes del padre y comparado con los paseos del hotel concluyeron que Albert Hippolyte era un genio, había elegido de una manera certera lo mejor para disfrutar las bellezas naturales de la zona en tres días y así se lo expuso a Romina.

-Escucha atentamente mujer, esta es una clase.

Romina lo observaba sonriente de mano en cintura.

-Cuando el aviador norteamericano, James Crawford Ángel, descubrió el salto de agua y le pusieron su nombre, ya tenía nombre en idioma Pemón, *Perepakupai Vená*. Amor mío es inevitable que lo veamos, está en el *Auyantepepui*. Hay una nota a mano de papá; "El tepuy más alto es el Roraima y parece ser el más fácil de escalar", eso no podemos hacerlo. Raúl Helicópteros es la mejor opción, viajaremos sobre el Parque Jaua Sarisariñama, patrimonio de la humanidad desde 1994, donde se encuentran los tepuyes como el *Sarisariñama* con el gran hoyo o sima de trescientos cincuenta metros de profundidad y trescientos cincuenta de diámetro.

-¡Bravo profe! Lindo, muy lindo.

-Señorita, silencio. No interrumpa. Son Formaciones del precámbrico. Ese parque es el hogar del pueblo Pemón para quienes en los tepuyes habitan los espíritus llamados *Mawari*. Además hay dos paseos, Auyantepui y Salto Ángel, full day y Raúl Merú, que incluye refrigerios y una piscina natural. Creo que estaremos ocupados los 3 días.

-Todo muy apetecible pero coincido contigo en que estaremos muy ocupados, tal vez podemos eliminar alguno porque siempre hay otras cosas más apetecibles.

Richard miró sonriente a su mujer quien mantenía una expresión pícara.

-No hace falta, siempre se regresa temprano en la tarde, el Salto Ángel y *Sarisariñama* no los dejaremos ¿Te das cuenta que vamos a incursionar en un territorio cuya edad es de tres mil millones de años? Estoy emocionado Romi. Claro, no podemos entrar a esa enorme sima, porque solo lo permiten a investigadores, pero verlo desde el helicóptero será emocionante.

-Ya veo, creo que te regalaré un modelo de dinosaurio el día de tu cumpleaños.

-Me encantan, tenía varios cuando estaba pequeño.

-Dios mío, me lo imaginaba. En verdad eres un nerd como dijo tu mamá.

-Bueno supongo que no será un obstáculo para que me sigas queriendo.

Riéndose Romina saltó sobre su esposo y comenzó a besarlo, lo que parecía un juego fue subiendo de intensidad cuando Romina acarició por encima del pantalón el pene masculino y él respondió abriendo la blusa y empapando el sujetador de la muchacha al imitar su conducta de bebé. Pronto la ropa voló a cualquier lugar y se entregaron a su apasionado amor.

Todavía con la respiración entrecortada y entre risas, Richard advirtió.

-Amor, están tocando la puerta.

-Me voy al baño, ponte un bóxer y mira quién es.

Saltó desnuda de la cama y se dirigió al baño. Acompañada por el suspiro de anhelo de Richard, quien se puso además la camiseta y fue abrir la puerta.

-Hola Tito, sabía que estabas por aquí. Qué bueno que viniste.

Tito observó el atuendo del amigo antes de responder

-Hola Ricky, espero no haber interrumpido nada.

-Claro que no, te lo aseguro. Romina está en el sanitario, estábamos revisando la planificación de papá.

-Tu padre es único Ricky, nos enviaron copia de la planificación y Esteban y yo hemos utilizado nuestro día libre para ir a conocer el Salto Ángel. Te juro si no me gustara tanto ser policía y mi hermosa novia que me espera, sería feliz quedándome a trabajar aquí. Sólo quería saludarte, las órdenes del capi son estrictas, tres días de luna de miel y después detrás de ustedes a no más de quince minutos. Aun cuando todos creemos que el pájaro está en el Delta, estaremos pendientes de ustedes. ¡Hola Romina! Cómo te trata este tipejo.

-¿Cómo crees Tito? y ya veo que te sienta lo de camarero. Yo estoy fascinada con este lugar.

Conversaron un rato más, y cuando llegó Esteban, el otro policía encubierto, los saludó y se retiraron.

-Cinco minutos antes y nos atrapan.

-No tienes que preocuparte, el capi y papá les advirtieron que los días aquí eran luna de miel. Tito debe haberse dado cuenta que estábamos jugueteando pero se comportó.

-Bueno mañana nos dedicaremos a disfrutar de estos paisajes y bellezas naturales y por supuesto a disfrutar de nuestros ardientes y ardorosos cuerpos bañados de sudor.

Richard se rió de sus palabras y la abrazó. No eran jugueteos, era amor, un amor sin límites que los sorprendió sin esperarlo.

Al amanecer los llamaron a desayunar, medio dormidos, se bañaron, se vistieron y se dirigieron al comedor.

-Guarda este pote de vaporub en tu morral, amor.

-¿Para qué Romina?

-Leí que el olor sirve para alejar la plaga, si la hay estaremos preparados.

Richard sonrió y le besó la mejilla, vestía unos chinos y una camiseta que resaltaba sus músculos y Romina unos pantalones cargo livianos y una camiseta sin mangas. No era el epítome de la elegancia pero apropiado para el paseo, cómoda y fresca. Encontraron a Tito en la entrada del comedor.

-Buenos días pareja, soy el encargado de atenderlos, síganme a su mesa, ya serví las frutas pues el primer paseo al Auyantepui y el Salto Ángel se inicia temprano. Lleven un suéter liviano pues volando pueden sentir algo de fresco. Por lo demás ni agua, esa la llevan en el helicóptero así como el refrigerio.

-Tito, estás hecho todo un guía turístico.

-Amigos, vale la pena, en lo que tenga unos días libres traeré a mi novia Sabrina.

-Es muy romántico además. Tito quiero una omelete de queso y cebolla y para tomar, té verde ¿Qué vas a comer tú Richard?

-Yo quiero un par de *croque monsieur* y té verde. Me encantan esos emparedados.

Cuando Tito regresó con el desayuno, se despidieron y apenas terminaban de comer les avisaron la llegada del transporte que los dejaría en el helipuerto para el paseo.

Todo lo que habían oído del salto Ángel y el tepuy se quedó corto ante la maravilla que contemplaban sus ojos. Ver la caída de agua más alta del mundo les causó una emoción incontrolable. Era demasiado hermoso, extraordinario. Ver la naturaleza en todo su esplendor, la creación divina. Volaron sobre lagunas, ríos, y el Roraima, el más alto de los tepuyes, y el más fácil de escalar según la información disponible.

Llegaron al hotel a media tarde, cansados pero satisfechos de haber podido contemplar la grandeza de la naturaleza. Después de la cena pasaron un rato viendo las fotos en la laptop y recordando muchos momentos del inolvidable día.

-Creo que mi móvil va a necesitar más memoria.

-No exageres Romi, además puedes borrarlas, ya las descargué en la laptop.

-No quiero, quiero verlas muchas veces, será un recuerdo inolvidable.

-Es algo que toda la familia debería ver una vez en la vida. Me alegro que papá haya organizado este viaje para nosotros.

-También me alegro porque realmente hemos disfrutado de maravillas naturales, es la luna de miel más fantástica que pudiera desear. Y aunque te quiero y te deseo cada vez que te veo, estoy agotada.

-Yo estoy que me duermo sentado. Sabes, quiero que veamos el salto Ángel desde abajo también, hay un paseo que se va en Curiara, se camina como media hora, otra vez curiara y lo vemos desde abajo.

-Lo que ordene mi señor.

-Vamos a ver cuánto dura tu obediencia -Comentó riendo cuando se dirigieron a descansar.

Los días siguientes fueron muy parecidos, una mañana fueron al poblado de Antonio Hines a conocerlo y a Samuel, el adolescente que viajaría con ellos a Tucupita, después siguieron de paseo, visitando la laguna Canaima. El paseo más largo fue el último día, al parque Jaua Sarisariñama, ver el enorme hoyo en ese tepuy donde según las investigaciones había una flora y fauna muy antigua y desconocida en el planeta emocionó a su antropólogo personal, Richard. Desde ese momento, él no dejó de hablar de la evolución y de la protección del único planeta que tenían ante la condescendiente mirada de Romina.

Era la última noche en Canaima y no podía pasar bajo la mesa, Richard se esmeró en sus caricias antes de llegar al fin último de su unión: un fabuloso clímax que los dejó saciados, cansados y dormidos.

A la mañana siguiente se reunieron con Tito y Esteban, buscarían a Samuel, sobrino de Antonio, que iría con ellos.

Se sentaron a desayunar juntos y Tito les contó la historia de Antonio, el padre de Cirilo. Ya dados de baja como empleados, fueron atendidos muy amablemente por quienes fueron sus compañeros varias semanas recibiendo una atención especial.

-Es sorprendente la historia de Antonio, Ricky.

-Así es interesante, e inspiradora.

-Su mamá es de la tribu Pemón y el padre un investigador americano, estuvo aquí tres años estudiando lo tuyo Richard, Antropología. Cuando supo del embarazo de la mujer se quedó hasta que nació Antonio. Entonces se comprometió a venir por él a los nueve años para llevarlo a California a estudiar y así lo hizo. Terminó la secundaria y Antonio no quiso permanecer con el padre sino regresar a ayudar a su gente, a pesar de lo bien que lo trataron sus hermanos y la esposa del padre, quería regresar. El padre respetó los deseos del hijo y le entregó una buena cantidad de dinero que Antonio utilizó para mejorar su poblado, obviamente es bilingüe y todos los hoteles lo contratan para los paseos por los ríos. Preparó a Cirilo, su hijo mayor, el muchacho habla inglés y conoce toda la zona y también el delta del Orinoco, porque la madre es Warao. Ese hombre quedó devastado cuando su muchacho desapareció, pero lo buscaban aquí, nunca supo que irían al delta.

-Aseguraba haber oído decir que irían al delta del Orinoco pero, como era muy revoltoso y cuentero, no lo escucharon. Ahora que la mujer de Laureano lo confesó está arrepentido. Tito y yo le dijimos que no valía la pena recriminarse de haberlo sabido, lo más probable era que no los encontrarían con vida. Antonio salió hace dos días porque va a llegar por el río.

-Vaya, muchachos fue un golpe de suerte que Julia confesara. Espero que tengamos éxito en la búsqueda.

Romina permanecía silenciosa pensando en su padre. Se pusieron de pie y dejaron el comedor, pronto los vehículos todo-terreno estuvieron cargados y listos para llevarlos al aeropuerto.

El vuelo a Puerto Ordaz era corto y apenas aterrizaron fueron a alquilar otros todo-terreno con los cuales llegarían a Tucupita. Alrededor de las 10 de la mañana iniciaron el viaje, luego de aprovisionarse de agua, emparedados y otras golosina para merendar.

Samuel conocía muy bien la vía y avisaba sobre tramos en mal estado, les contó que su tío no hizo caso a lo que decía Cirilo porque en esa época mentía con frecuencia y era muy travieso. Así transcurrió el tiempo y poco después del mediodía llegaron al Orinoco Delta Lodge.

-Señor Richard, puedo quedarme con mi abuela. Pero me gustaría permanecer aquí con ustedes.

-No hay problema y recuerda que no debes reconocer a Tito y Esteban hasta que nos presentemos.

-Claro, voy a visitar a mi abuela y regreso en la noche.

-Qué bonito este hotel, Richard. Haremos turismo hasta que llegue Antonio.

-Si, tal y como lo planeamos.

Estaban esperando la llave de la habitación cuando llegaron Tito y Esteban, quien muy cordial se dirigió a ellos.

-Hola, los vimos en la carretera ¿también vienen de Canaima? Estuvimos trabajando ahí un tiempo para aprovechar y conocer la zona, ahora queremos conocer el Delta del Soberbio Orinoco, como lo llamó Humboldt

Romina y Richard les respondieron y se presentaron.

-Entonces aquí termina su viaje de luna de miel. Pues, muchas felicidades.

-Fue un regalo de papá y tenemos que agradecerlo. Esto ha sido maravilloso.

-Y ¿qué les parece, si conocemos esta zona juntos? Supongo que también aquí debe haber guías, no Richard.

-Es buena idea que vayamos en grupo, es una zona desconocida y podemos ayudarnos un poco entre todos.

-Sus familiares deben esperar muchas fotos de la luna de miel. Una pregunta ¿Les interesan las comunidades indígenas?

-Sería interesante conocerlas ¿Verdad, amor?

-Por supuesto que me interesan porque soy antropólogo, la etnología no es mi área pero es materia obligada en la carrera.

En ese momento el recepcionista, que escuchaba entretenido la conversación, apuntó.

-Hay otro antropólogo alojado en el hotel, cuando llegue le diré que los busque, tiene días aquí y tal vez pueda darles información interesante.

-Muchas gracias. Vamos a refrescarnos un poco ¿Qué les parece si nos encontramos en treinta minutos para almorzar?

-Excelente idea ¿No te parece Esteban?

Se despidieron, mientras Tito y Esteban se registraban.

-Estuvo bien, nos conocimos frente al recepcionista y él mismo nos ofreció el contacto con Joaquín y Jackson, así que nadie encontrará raro que estemos juntos, si es que hay alguien de Damián vigilando.

-Bueno, quiero bañarme amor. Estoy muy acalorada.

-¿Necesitas alguien que te enjabone la espalda?

Una vez en la habitación juguetearon un poco y se bañaron con cierta rapidez para encontrarse para almorzar con los compañeros.

Entraron al comedor y encontraron a Tito y Esteban sentados en una mesa se saludaron y compartieron con ellos como si recién se conocieran, al poco rato llegaron Jackson y Joaquín y se presentaron e hicieron saber frente al mesonero que los atendía que los enviaban de recepción. Al poco rato estaban todos sentados, Jackson se quedó mirando a Richard.

-Profesor Hippolyte, estuve en un curso con usted hace dos semestres.

-Claro, ya estás por graduarte, supongo.

-Sí, este año, profe.

Comenzaron a discutir lo que harían al día siguiente, hasta que Romina los interrumpió.

-Caballeros, tal parece que vamos a discutir horas sin llegar a ninguna parte. Tenemos un guía, su familia es de aquí y conoce la zona muy bien, le pediremos su opinión y estoy segurísima que nos llevará a un lugar excelente.

-Amor, tienes razón. En tres o cuatro días que nos quedan hay que elegir muy bien. Pero ustedes llevan aquí una semana, si hay algo interesante los escuchamos.

Les sirvieron el almuerzo y siguieron hablando de las maravillas que habían visto en Canaima y alabando al majestuoso Orinoco. Terminaban de comer cuando llegó Samuel. Y Richard lo presentó.

-Amigos conozcan a Samuel, es nuestro guía.

Se estrecharon las manos y Samuel se volvió hacia Richard y Romina.

-Señor Richard, mi abuela me pidió que los invitara a comer con nosotros en su casa esta noche temprano, usted sabe que aquí se acuestan pronto, sobre todo los mayores. Perdonen amigos pero no sabía de ustedes.

-No importa muchacho. Llevaremos a los amigos a ver el río y cómo va cayendo la tarde.

Samuel le entregó a Tito con disimulo un papel con la dirección de la abuela.

-Escucha Samuel, necesitamos que nos organices unos paseos para aprovechar mejor el tiempo.

-Por supuesto, señora. Estén listos y desayunados a las ocho de la mañana y los sorprenderé, ahora voy a ir a la habitación.

-También nosotros. Vamos Romina.

Así como se había formado el grupo se disolvió. Al llegar a la habitación Richard abrazó a su mujer.

-Supongo que no has olvidado que seguimos en luna de miel.

-Por supuesto que no, amor. Pero tengo una emoción que se balancea entre la tristeza y la alegría, tristeza de comprobar al fin que papá fue asesinado por ese sicópata. Y no es exactamente alegría, sino tranquilidad que pueda hacerle descansar al fin.

-Lo entiendo y además la emoción de la caza, buscamos a un sujeto, que es un animal peligroso y eso me angustia por ti, mi amor.

-Aún no sabemos el porqué, la motivación que tuvo para hacer todo lo que ha hecho. Persiguió a mi tía desde adolescente ¿Por qué?

-Te diré algo. No importa en este momento, ahora quiero hacer algo que hace mucho no hago...

Romina lo miró extrañada y Richard la abrazó, de inmediato comenzó a reír.

-Bueno, si unas cuantas horas es mucho tiempo. Bien por mí.

Lanzar la ropa al aire se había convertido en un juego para ellos, sentir las pieles juntas una delicia, las caricias, los jadeos, el temblor eran sensaciones familiares para los dos y las disfrutaban al máximo y como siempre al poco tiempo dormían abrazados.

A las seis de la tarde salieron para la casa de la abuela de Samuel, que también quedaba al margen del caño Mánamo muy cerca del hotel. Con cierta timidez inusual tocaron a la puerta. Ya los cuatro policías estaban en la casa, así como Antonio y Ramón, un indígena pemón quien viajaba con él, la bienvenida fue muy cálida, la abuela de Samuel fue encantadora y la comida que les ofreció criolla e indígena fue excelente.

Una vez concluida la cena fueron al patio de la casa para organizar la búsqueda, bien de los restos de Cirilo y Simón Wolfe, o de su asesino. Antonio comenzó a hablar.

-Saben que mi hijo Cirilo, trabajando como guía del señor Wolfe, desapareció hace tres años. El primer año mantuve la esperanza de hallarlo con vida, ahora sé que debe estar muerto y nada de lo que hubiera hecho lo habría salvado. Quiero encontrar sus restos para darle sepultura, yo soy cristiano porque me eduqué en California y mi padre y su familia son adventistas, la madre de Cirilo, mi mujer, es católica, la señora Rosa, la abuela que acaban de conocer se crió con misioneros católicos. Pero creo en la existencia de los espíritus protectores de nuestro pueblo. Como ustedes saben, conozco muy bien toda la zona y saldré mañana para indicarles dónde creo yo que podemos hallar los restos de nuestros familiares, buscaré en los sitios probables. Rancherías de invierno que son abandonadas al llegar el verano. Me mantendré en contacto con el teléfono satelital y les informaré donde estoy.

Estuvieron preparando la logística de los paseos pero apenas supieran algo de Antonio saldrían a su encuentro. Antonio se retiró pronto pues él y Ramón saldrían de madrugada antes que el río se pusiera fuerte, irían en su curiara, tenía un buen motor pero le gustaba navegar antes de que saliera el sol.

Richard y Romina estaban nerviosos y con mucha razón, todo indicaba que ella era una posible víctima, el ignorar el motivo de Damián no significaba que no existiera el peligro. Richard se separó un poco del grupo para hablar con Romina

-Escucha amor, vamos a actuar como lo hicimos en Bonaire y en Canaima, estamos de luna de miel y nos preocuparemos cuando vayamos tras Damián.

Siempre había algo de temor, pero a partir de ese momento tratarían de mantenerse tranquilos, hablaron con el equipo del Capitán Chacón y todos estuvieron de acuerdo en tratar de disfrutar los días que tuvieran y Samuel no les permitió olvidarlo con los planes que les presentó.

-No tienen idea de todo lo que hay para visitar aquí en Tucupita, pero el tío me advirtió que no nos alejáramos demasiado para salir en cuanto nos avise.

En Tucupita hay muchas iglesias católicas, las emblemáticas son la Divina Pastora y la Iglesia de San José, que es la más antigua.

-Mañana podemos dedicarnos a conocer Tucupita, podemos ir a Curiapo, les va a gustar. Es un pueblo con muchos puentes de madera que comunican las casas y hay muy buena artesanía. Es una lástima porque los sitios más hermosos están lejos por el río y cerca del delta. Allá está la Isla Mariusa, sus habitantes son indígenas que mantienen sus costumbres y tradiciones, yo no he estado nunca. Pero mi tío Tomás, que es capitán de un grupo y tiene su ranchería como a tres horas del Delta, me ha contado sobre ella. Eso sí, iremos al Balneario pequeña Venecia y a la playa del Paseo, están muy cerca del hotel. Eso permitirá que si el tío Antonio llama podemos salir enseguida,

-Muy bien Samuel, ya veo que estas bien preparado como guía de turismo, pero explícame ¿qué son las rancherías de verano?

La pregunta la hizo Esteban y Samuel no dudó en contestar. Richard y Romina observaban el interés de los hombres y sonreían felices, como antropólogo tenía algunos conocimientos de etnología pero hoy estaba aprendiendo mucho.

-Hoy en día no hay tantos indígenas viviendo en rancherías, son muy pocos quienes viven de la caza, la pesca y un poco de siembra. Antes de la llegada de las lluvias viven a la orilla del Orinoco, cosa imposible al llegar las lluvias por la imponente crecida del río, entonces se internan en la selva y viven allí hasta que termina el invierno, regresando a las rancherías de verano. Tal vez podamos detenernos donde vive mi tío Tomás, así conocerían la forma de vida de quienes aún mantienen algunas de las costumbres ancestrales. Hoy en día tienen varias curiaras con motor, es el transporte por el río. Van a Tucupita y venden artesanía y compran los alimentos de los criollos que han incorporado a la dieta, como pasta, arroz y azúcar. Además de curiaras tenemos las lanchas que las llaman voladoras porque son más rápidas, algunos hoteles las tienen, la policía también. Cerca del Delta han ocurrido de vez en cuando incursiones de pescadores y maleantes que vienen de Trinidad a robar.

-Caramba Samuel, cuando estés más grande te voy a invitar a dar una charla en la Escuela de Antropología, se ve que amas tu tierra y la conoces bien.

Charlaron un rato más y se despidieron de la abuela para ir al hotel y entraron comentando que era muy fácil encontrarse en la Plaza Bolívar.

Esa noche Richard fue tan tierno y cariñoso que Romina se sintió más amada y protegida que nunca, pero los gritos al llegar al orgasmo fueron inevitables y apasionados como siempre. Al despertar, un poco fatigados por el día anterior se estiraron con flojera pero de pronto se sentaron casi al mismo tiempo al recordar el paseo de ese día.

-Cielos, cuando regresemos vamos a tener que dormir un poco más, siempre terminamos dormidos a media noche, amor.

-Con sinceridad no me importa, el día que tengamos niños todo cambiará. Tenemos que aprovechar nuestra luna de miel al máximo porque también el trabajo cambiará nuestras rutinas.

Richard se fue a la ducha y Romina lo siguió.

-Pero el placer de enjabonarnos, uno a otro, nadie no los quitará.

-No corazón, eso lo logrará con éxito tu período.

Entre risas y caricias muy, muy íntimas, lograron terminar de asearse para ir a desayunar.

Encontraron al grupo del capitán y a Samuel ya sentados a la mesa.

-¿Cómo, somos los últimos en llegar?

-En realidad no, pero en todo caso se les perdona porque están de luna de miel.

Con la risa a flor de labios los dos, y algo sonrojada Romina, se sentaron a desayunar. Una hora después se dirigían a una de las playas. Alquilaron unas tumbonas y sombrillas y se sentaron a conversar, todos estaban impacientes por la espera de noticias de Antonio pero trataron de disfrutar con lo que tenían ahí.

Acababan de buscar un juego de dominó para organizar un torneo entre ellos, cuando Richard escuchó el teléfono satelital atendiéndolo enseguida. Escuchó unos minutos y se volvió muy serio a los compañeros.

-Antonio encontró una pista de Damián, esto es contigo Samuel, están en la selva adyacente a la ranchería de invierno que usaba tu tío Tomás, que tú sabes dónde está. Que está abandonado hace tres años y no volvieron más.

-Si hubiéramos sabido que estaba abandonada mi tío hubiese investigado el lugar. La ranchería de mi tío Tomás está a unas seis horas en curiara desde aquí, en las lanchas un poco menos. Y la ranchería de invierno, donde está mi tío Antonio está como dos horas más. Tenemos que salir enseguida para llegar cerca de las dos de la tarde.

-Muy bien Richard, nosotros los policías iremos con el jefe de policía de aquí para informarle, le dejaremos los números de los teléfonos satelitales y la frecuencia de los radios, nos vemos en unos quince minutos en el hotel para ir al muelle a por las lanchas.

-Ya el equipo para pernoctar, si lo llegamos a necesitar, está en las lanchas, solo hay que buscar las armas, los chalecos, y las mochilas personales de cada quien.

-Los nuestros están listos ya -Agregó Romina.

Salieron rápidamente del lugar, unos al hotel y los otros a la comisaría.

Cuando dejaban la habitación regresaron los detectives y se dirigieron al muelle, ya en las lanchas Richard se dirigió a ellos.

-Compañeros, como policías que somos sabemos que en cualquier momento nuestras vidas pueden estar en peligro, pero la de Romina no, ella solo quiere saber qué le ocurrió a su padre, por eso es preciso cuidarla y no solo yo sino todos.

-Por favor Richard, estoy con ustedes igual que todos.

-No Romina, no solo eres mi esposa y mi amor, sino la persona que recibimos órdenes de proteger por encima de todo y eso haremos. No sabemos si Damián está solo o tiene cómplices con él y estaremos preparados para todo. Samuel, tu tío está ya en un lugar, donde sabe o sospecha que esta Damián, tu eres un crio muy maduro para tu edad, pero vas a permanecer en la retaguardia y no arriesgarás tu vida por nada. Tenemos los chalecos que nos dieron y las gorras. Pero saben que no son infalibles así que cuídense compañeros.

Después de la emotiva plática todos los compañeros asintieron. Y se prepararon para salir.

-Oigan amigos, cuando vean una ranchería a la derecha con cestas y artesanías expuestas hacia el río, en unas cinco horas, esa es la vivienda de mi tío Tomás, estén listos porque muy cerca a la izquierda está la ranchería de invierno que me indicó mi tío Antonio, él estará escondido en la maleza, así que seguro no lo veremos.

-Está bien Samuel, nosotros saldremos cinco minutos tras ustedes y así nos mantendremos. Tengan el radio encendido.

De inmediato se pusieron en marcha, extrañamente Romina y Richard permanecían callados mientras Samuel iba señalando distinto puntos del río.

Viajar por el Orinoco era una maravilla, ver las aves, los colores cambiantes del agua, pero la tensión de lo inesperado no les permitía apreciar la belleza en toda su magnitud, la distancia fue disminuyendo, vieron un caserío de criollos después del sitio del Tío Tomás. Samuel tomó el radio y mandó un mensaje a la otra lancha.

-Estamos llegando. No veo la curiara del tío Antonio, pero puede haberla escondido en la maleza. Cambio

-Entendido, cambio.

Richard sacó su pistola y la revisó luego sacó la que iba a llevar Romina y la revisó también.

-Ya está lista para disparar Romí, ponla atrás en tu cintura, úsala si no queda más remedio ¿Tienes calor? el chaleco no pesa pero es caluroso.

-No te preocupes Richard, estoy bien, algo asustada, pero bien.

Samuel atracaba la lancha cuando Richard dio un leve abrazo de confort a la muchacha. Samuel ató la lancha a un tronco y Richard ayudó a Romina a descender y en voz baja habló a Samuel.

-Espera aquí a los muchachos pero ocúltense tras los árboles.

Richard y Romina anduvieron agarrados de la mano por el camino casi cubierto de maleza, llevaban andando unos diez minutos cuando un ruido al frente los sobresaltó y se detuvieron, se vieron las caras y continuaron caminando jadeando un poco, más de los nervios que de cansancio. Dieron unos pocos pasos más y llegaron a un claro, no más de cuatro metros por lado, se detuvieron mirando los árboles y la maleza circundante, Richard sacó su pistola y Romina lo imitó, un ruido les hizo brincar y volver la cabeza, Richard saltó al frente de Romina al mismo tiempo que desde el lado izquierdo del bosque salía un disparó que le dio en el pecho y hubiera llegado a la frente de la joven de no interponer su cuerpo. Romina levantó el arma y disparó casi sin ver, dejándose caer al lado de Richard, encogido en la tierra. Un zumbido y un grito de dolor, le hicieron levantar la mirada y vio a Antonio salir de la maleza con un arco, cargando otra flecha. En el suelo, quejándose, estaba Damián, en ese momento los compañeros de Richard llegaron corriendo hasta ellos, las pistolas en las manos y las placas colgando del cuello.

-Dios ¿qué le pasó a Richard? -Gritó Esteban, la voz dolorida de Richard contestó -Estoy bien, estoy bien. Sigan ustedes.

Romina ayudó a Richard a sentarse, con los ojos brillantes del llanto contenido.

Antonio permanecía de pie con el arco preparado, mirando al suelo, cerca de un grupo de árboles, cuando llegaron hasta él los muchachos.

-Este es el asesino ¿verdad? He debido darle en el corazón, pero quiero saber dónde está mi hijo y el padre de la señora.

Damián permanecía tirado en el suelo con la flecha clavada bajo la clavícula derecha y sangre manando del brazo, donde por milagro le dio el disparo de Romina.

La voz de Tito se escuchó fría -Damián Montes, o Laureano Pinto, está detenido por intento de asesinato y ya le acusaremos por el asesinato de Simón Wolfe y Cirilo Hines.

Ya Richard se había puesto de pie y llegó del brazo de Romina hasta donde Jackson y Tito que tenían esposado a Damián, sin atender los quejidos de dolor por las heridas. El ruido de hojarasca les hizo volverse con las armas en mano, un joven mestizo, flaco, con las manos en alto salía de entre los árboles, con una expresión aterrorizada.

-No sé nada de eso, no sé nada. Me pidió ayuda porque unos enemigos lo perseguían, no dijo nada de muertos y cuando lo vi disparar me asusté mucho. Además -se santiguó -hay dos cuerpos medio enterrados, están envueltos en hojas de moriche por allá atrás.

-Cállate estúpido, cállate -La voz dolorida de Damián insultaba al cómplice.

-Cállate tú imbécil, no te lo pongas más difícil de lo que está ¿Dónde están los cuerpos?

-Búscalos tú qué sabes tanto, ya veo que estaban protegidos con chalecos.

Richard tomó el mando y rápidamente encargó a Joaquín, Jackson y Esteban para que fueran con el muchacho que había visto los cuerpos, mientras Tito llevaba a Damián a rastras. Antonio y Samuel siguieron a los policías.

Tal como había relatado el joven encontraron los cadáveres medio enterrados y envueltos en las hojas de moriche, no los tocaron y Antonio se arrodilló a un lado.

Una vez en las lanchas, Tito llamó al jefe de la policía y Richard al Capitán. Unos minutos después se disponían a regresar

-¿Qué te dijo el jefe de la Policía, Tito?

-Le dije que sí encontramos los cuerpos y que el traslado será mañana, porque ya es tarde para venir y volver ¿Y a ti, qué dijo nuestro capitán?

El capitán está muy contento, tiene nueva información sobre el motivo de todo lo que ha hecho Laureano Pinto, ese es su nombre verdadero.

-Quiero saber si hallaron a mi padre, Richard.

-Espera a que regresen pero no creo que debas verlo.

-Tienes razón. Prefiero recordarlo como era en vida y después de tres años… no será él.

Cuando regresaron los detectives, no venían Antonio, Samuel, ni Ramón, el compañero de Antonio en la curiara.

-Antonio dijo que permanecerá aquí, hasta que vengan a buscarlos mañana, quiere rezar y cumplir con las costumbres de su pueblo, los encontramos envueltos en hojas de moriche y cubiertos con trozos de madera, hay dos cuerpos y no se tocó nada. Antonio le sacó la flecha de un tirón a este sujeto y le puso un emplasto de hojas y también en el brazo, donde le dio la bala de Romina. Y este delincuente está aletargado, parece ser por las hojas que usó Antonio. Antonio reconoció las botas de Cirilo, uno de sus pies estaba descubierto, así que suponemos que el otro cadáver es el padre de Romina.

Las palabras de Esteban hicieron que Romina hundiera la cara entre las manos. Richard se le acercó y la consoló -Vamos Romina, al fin tienes un cierre, vamos.

Con esas palabras Romina subió a la lancha. Jackson se dirigió a Richard -Ricky, nosotros iremos detrás de su lancha con Eliseo, el muchacho que contrató Damián, él es un guía y conoce el río. Esteban sigue con ustedes ¿Te parece?

-Claro Jackson, salgamos entonces, el río se pone más fuerte por la tarde.

-Vamos a dejarle el radio a Antonio.

-No es necesario, Romi, él tiene su teléfono satelital. Vamos muchachos.

-Sí señor, el río se pone fuerte después de las tres.

El regreso fue menos silencioso que la ida y fueron capaces de admirar la belleza del atardecer y los cambios que ocurrían en las aguas y en las orillas.

Cuando terminaron con el papeleo, la parte burocrática de la detención de Laureano Pinto y la declaración a la prensa local, quienes se enteraron de lo ocurrido, eran casi las ocho de la noche y todos estaban agotados. El jefe de policía mandaría una partida a la mañana siguiente para recuperar los cuerpos, tenían a un joven antropólogo forense quien se encargaría de recolectar todas las evidencias en el sitio.

Llegaron al hotel y los muchachos respondieron unas pocas preguntas escudándose en el secreto del sumario y luego de comer dormían todos como angelitos. Por su parte, Romina ponía un ungüento en los moretones del pecho a su marido, luego se refugió en sus brazos y lloró lo que no había llorado por la muerte de su padre.

Las autoridades locales se encargarían de todo lo necesario para trasladar los cuerpos y al prisionero, el joven Eliseo, un guía registrado que no tenía antecedentes fue dejado en libertad.

Ya de regreso, Romina se paseaba entre la tristeza y la alegría. Al aterrizar los recibieron los hermanos de Richard y se fueron a la casa donde toda la familia esperaba ansiosa, dieron un informe sucinto de lo ocurrido.

Dos patrullas esperaban a los compañeros de Richard y se despidieron hasta la tarde, en el precinto.

Romina llamó al gerente del hotel para informarle el hallazgo del cadáver del padre y pedirle que preparara todo para el funeral. Se acostaron a hacer una siesta pues irían al precinto a las tres de la tarde, estaban cansados por la tensión vivida el día anterior.

A las tres de la tarde todo el cuerpo policial del precinto estaba en la sala de conferencias, cuando comenzaron a llegar los viajeros, una vez todos sentados, el capitán comenzó a hablar.

-Señores debo felicitarlos por un trabajo bien hecho, desde que nos entregaron este caso pensé que sería muy difícil. Cierto que la joven señora Hippolyte nos ayudó, pero realmente todos estuvieron a la altura del trabajo encomendado, lo hicieron bien. Apenas Richard y Romina crucen esa puerta pasaré un informe completo de todo lo que averiguamos, sobre la motivación de estos crímenes.

Un murmullo de los presentes le indicó al capitán que estaban ansiosos por conocer el resultado de la investigación final. Y en ese momento entraron Richard y Romina y se saludaron con todos los presentes.

-Cuando estaban en el sur, entre luna de miel e investigación, nos quedamos con pocos hombres en la comisaría.

El muchacho de Laureano, Arturo, vino a visitar a Julia Gómez que permanecerá aquí hasta el juicio, y es realmente su madre. El agente Julián estaba de guardia cerca de ellos y los escuchaba sin mucho interés sobre los asuntos domésticos, que el joven planteaba. Cuando escuchó "¿Entonces papá no es un Wolfe?" Apenas se fue el hijo, Julián me informó lo que había oído. Me quedé reflexionando y se me ocurrió llamar a Hernando Wolfe para preguntarle si sabía algo al respecto.

-Caramba Capi, necesitamos un cierre y creo que usted lo tiene.

-Así es muchachos y ya lo tenemos. Los abuelos maternos de Laureano Pinto fueron ganaderos importantes en la misma zona que los Wolfe, ellos eran tres hermanos de origen alemán. Demetrio el abuelo de Romina se fue a la capital y se dedicó a la hotelería. Sebastián era el padre de Hernán y Damián, el menor de los hermanos. Damián Wolfe murió en sus veinte años y era el único soltero, quince años menor que Demetrio, Damián era gran fanático de las motos y muy consentido, no solo por los padres, sino por los hermanos por ser el menor.

De allí sacó el nombre Laureano, su madre tenía un romance con otro ganadero de la zona que estaba casado, pero había salido ocasionalmente con Damián Wolfe. Ella quedó embarazada del ganadero, su embarazo coincidió con el fallecimiento de Damián en el accidente de moto, que devastó a sus hermanos y a los padres de Enriqueta, la madre de Laureano, pues creían que Damián era el padre del niño de su hija.

-¿Y dónde estaba papá?

-Creciendo en la capital, donde Demetrio su padre fundaba su negocio hotelero. Tu padre Simón y su hermana

Cristina, de niños, pasaban las vacaciones en la hacienda que manejaba Sebastián, el hermano mayor.

-Jefe, se va aclarando la historia, de niños todos estaban en el mismo lugar. Simón, Cristina y Laureano AKA Damián.

-Así es Esteban ¿Por qué se hizo delincuente? un muchacho con todas las oportunidades que tuvo Laureano. No lo sabemos, pero tal vez influyó la mentira de la madre que se destapó cuando tenía once años, bastante grande ya.

Creció con un gran odio por los Wolfe, porque creía que despreciaban a su madre y no querían aceptarlo como hijo de Damián, lo que él no sabía es que querían una prueba de ADN y su madre se negaba a hacérsela.

Laureano se parece mucho a su padre biológico, quien un día lo encontró y le preguntó quién era su madre, apenas se lo dijo el hombre sumó dos más dos y como él solo tenía tres niñas, le reclamó duramente que le ocultara a su hijo. Para resumir, el padre exigió reconocerlo y si bien lo dejó con su madre, no le negó nunca nada, pagó los mejores colegios y le dio todo lo que quiso. En su adolescencia sucedió el episodio del frustrado secuestro de Cristina y todo lo que sabemos que de adulto se casó con ella.

-¿Pero por qué mató a la tía y a papá?

-A pesar de lo que tenía por sus padres y abuelos quería los bienes de los Wolfe. Suponemos que era codicia, pero nunca lo sabremos realmente, a menos que algún día confiese. Sus acciones contra Romina fueron por venganza, sabrá Dios que pasaba por su cabeza para actuar así.

-Quiere decir que ¿ya terminó la angustia que he vivido los últimos años?

-Sí, amor, podemos hacer planes para el futuro.

-Y ¿Arturo, el hijo? Capitán.

-No tenemos nada contra él. Creo que seguía sus órdenes porque lo quiere y creía honestamente que lo habían despojado de lo suyo, que era lo de los Wolfe. Al parecer Laureano fue un buen padre, pretendía lo de los Wolfe a pesar que él es el único heredero de sus abuelos maternos y también de parte de los bienes de su padre biológico, quien es ya un hombre mayor. Cuando supo que tenía un nieto le pidió que fuera a su lado a trabajar la ganadería. Arturo quiere irse con su madre biológica a probar suerte como ganadero y también está haciendo todo lo necesario para ayudar a su mamá Julia. Tal parece que no le gustó saber que el padre era un asesino e ignoraba que quería matar a Romina. Creía que lo que hacía era para obligarla a casarse con él.

-Entonces Richard, Capitán, amigos de esta comisaría creo que ya puedo decirles un secreto que estoy cargando desde nuestra estancia en Canaima.

Todos miraron a Romina extrañados y sorprendidos.

-Romina, amor ¿qué secreto puedes tener?

El jefe tenía una sonrisa pícara, que no pudo ocultar...

-Amor, no sé qué falló, pero lo cierto e inevitable es que nuestra vida cambiará y tenemos que tomar decisiones importantes.

-Por Dios Romina, me estas poniendo nervioso.

-Muchacho ¿aún no te das cuenta? -Un sonrisa maliciosa adornaba la cara del capitán, mientras Richard, miraba a todos a su alrededor. Quienes ya comenzaban a entender y sonreían.

-Ya todos están entendiendo, menos tú Richard, el nerd, el estudioso, el súper inteligente. Estoy embarazada y vamos a ser padres.

Richard se quedó inmóvil unos segundos y luego corrió y alzó a Romina en brazos y giró con ella por la oficina, acompañado por los aplausos de los amigos y compañeros.

-Gracias, gracias amor mío, por clavarme tu bastón en las costillas no hace tanto tiempo. Te adoro.

FIN

INTRIGA DE AMOR Y MUERTE

ÍNDICE

PRÓLOGO 1

ESTABA MEDITANDO 5

TU VIDA EN UN PÁRRAFO 21

ROMINA ERES UNA LOCA 25

¡DOS NEUMÁTICOS VACÍOS! 33

SIEMPRE ESTARÉ A TU LADO 43

VAMOS A MANTENER TODO EN SECRETO 53

SE OÍAN GEMIDOS Y GRITOS 59

¡ALGUIEN TRATÓ DE MATARME! 71

UN ALTAR CON LA VIRGEN MILAGROSA 81

LA CAPITAL ES KRALENDIJK 91

JAMES (JIMMY) CRAWFORD ANGEL 113

INTRIGA DE AMOR Y MUERTE

ACERCA DE LA AUTORA

Alicia Ortega de Mancera, Antropóloga de la Universidad Central de Venezuela. Es profesora Titular Jubilada. Concursó como investigadora para el Instituto de investigaciones Económicas y Sociales donde permaneció por 35 años, fue sub directora y directora encargada y docente en la Escuela de Antropología. Ha participado en Congresos científicos de su especialidad y publicado en revistas científicas.

Su primera novela la escribió entre los 11 y 12 años, "Aventuras en Alaska". Ha escrito Teatro para niños y adaptado farsas medievales para el grupo "Las Cuatro Tablas" de la UCV, "El lobo es el lobo" y "A Viena viene el Lobo" publicadas en su Facultad. Esta novela "Intriga de Amor y Muerte", una aventura policial-romántica, es la quinta que escribe y la primera en ser publicada en libros Amazon y está entusiasmada por publicar las otras.

INTRIGA DE AMOR Y MUERTE

Made in the USA
Columbia, SC
10 December 2022